南の子供が夜いくところ

恒川光太郎

角川ホラー文庫
17832

目次

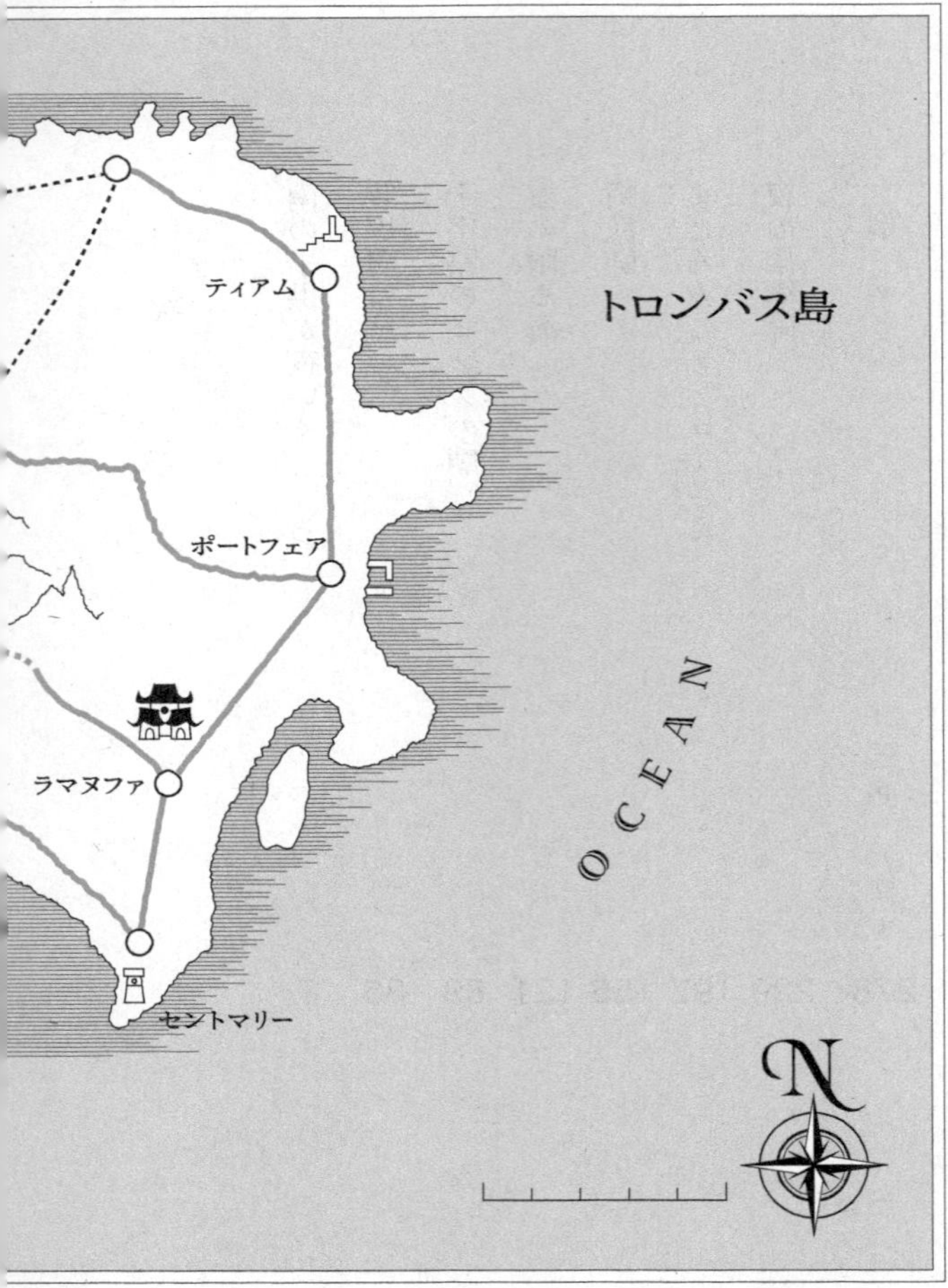

トロンバス島
ティアム
ポートフェア
ラマヌファ
セントマリー
OCEAN
N

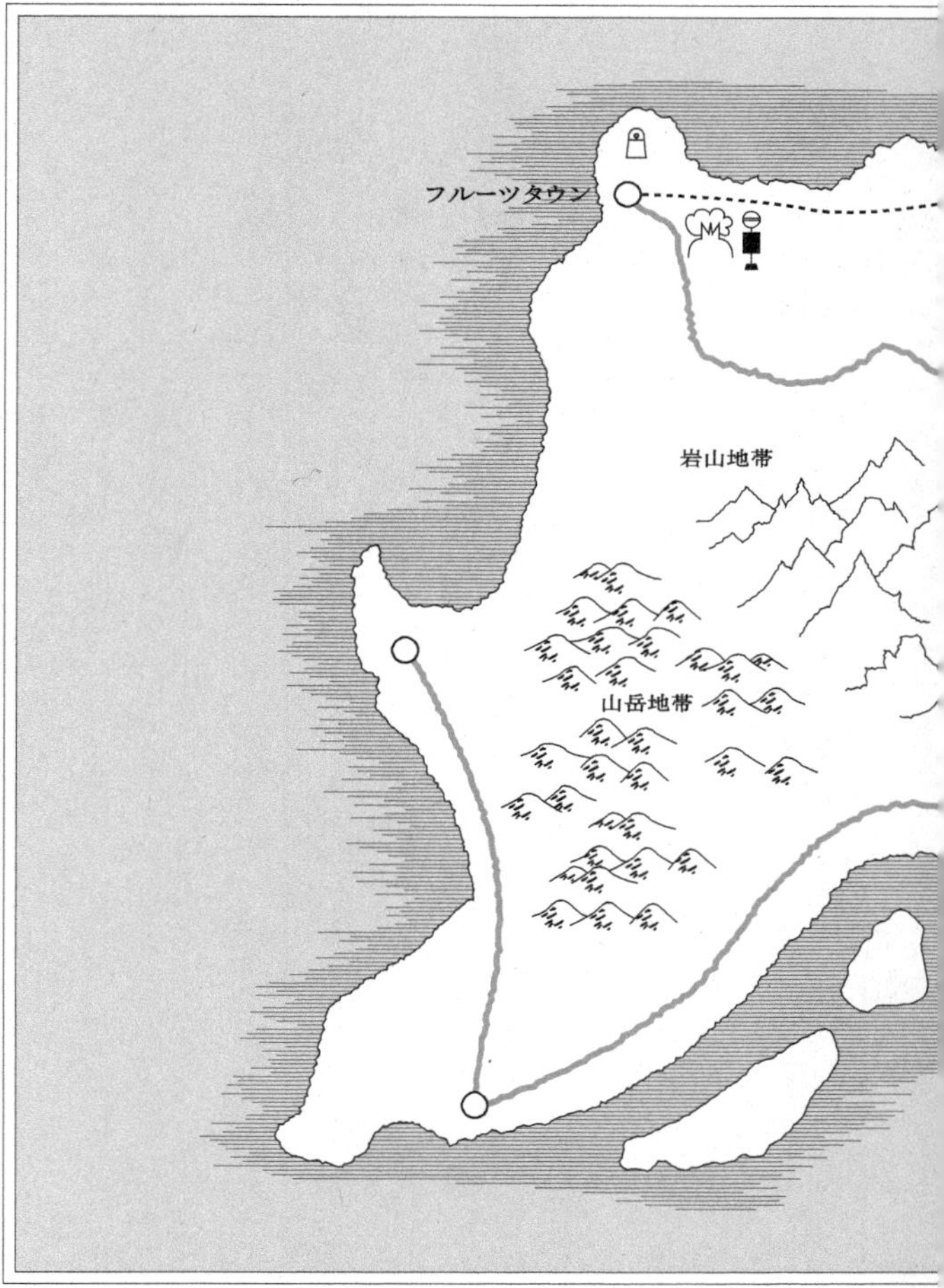

フルーツタウン
岩山地帯
山岳地帯

南の子供が夜いくところ

夜の国道をまっすぐ進んでいる。

カーラジオからバイオリンのフーガが流れている。

トンネルを抜けるとしばらく海岸線を走る道になった。

一瞬、道沿いの風景に露店の光が目に入り、タカシはブレーキを踏んだ。

――あの店は。

車を停める場所はなかったので、百メートルほど先へ走ってから、路肩に駐車した。

車から降りると、春先の風が髪をまきあげる。道は静まっていた。しばらく歩いて戻ったが、露店の光は見つからない。

赤錆《あかさび》の浮いたガードレールの向こう側にある農家の敷地に、錆《さ》びたバスが一台。菊か何かの電照栽培の裸電球がいくつか光っている。

たぶんあれを見間違えたのだ。

タカシはほっと息をつくと、苦笑いを浮かべた。脳裏に一瞬異国の白い鳥が浮かび、消えた。

しばし放心した。

タカシは路肩の車に戻った。数年前に買った自分の車の運転席をしげしげと眺め回すと、エンジンをかけずにハンドルに突っ伏した。両肘《りょうひじ》に力が入らない。軽い震えが全身を走る。空っぽになった心を不思議な風が満たして行く。微笑み、やがて声を出して笑った。

これもまた不思議な話だ。

夏だった。湘南《しょうなん》の海水浴場だった。

海沿いのホテルにタカシと家族は四日ほどの予定で宿泊していた。最後に海に連れてきてもらったのは三年前の夏で、久しぶりの海だった。

ホテルの近くの駐車場に露店が出ていた。

水色のワーゲンバスが一台。その前に椅子とテーブルが置かれていた。移動店舗。

露店の店員は茶色い肌に黄色い髪のおねえさんだった。異国の血を感じる目鼻立ちと、すらりと引き締まった体軀《たいく》の持ち主だった。

おねえさんはヒッピー風のファッションをしていた。ベルボトムに、サイケデリックな原色のタンクトップ。ヘアバンド。同じような恰好《かっこう》の若者がたくさんいる時代だった。

十一歳になるタカシはアイスクリームを舐《な》めながら、じっとおねえさんを眺めていた。

当時のタカシは若者が少し珍しかった。自分と年齢があまり離れていない子供と親、もしくは親世代の人間しか馴染《なじ》みがなかったのだ。

「おいしい？」

おねえさんがすっと近寄って頭を撫《な》でたので、タカシは驚いて目を伏せた。

日射しに焼かれたアスファルト、紙皿の焼きそば、ラジカセから流れる音楽、紅に染まる水平線の入道雲。

賑《にぎ》わっていた海水浴場も、夜になると閑散とした。

花火を見た帰りだった。

タカシと両親は昼間と同じワーゲンバスの店に寄った。夜の店はピカピカと光っていた。電飾がバスを飾りたてていたのだ。

椅子に座ると、父親はシャンパンを注文しかけてから、取り消してビールにした。母親はサクランボの入ったカクテルを、タカシはオレンジジュースを注文した。

「もうお別れだねえ」

「本当に」

二人はそういってから黙った。

母親はおねえさんに顔を向けると唐突にいった。

「たとえばだけど、一家心中をするとするじゃない」

おねえさんは、無表情に母親を見た。

「ほら、よくニュースなんかであるでしょう。一家心中。ああいうのってどうにもならないのよね」

「そうですかね」

おねえさんは怪訝《けげん》そうにいった。

「そうなのよ。若い娘にはわからないでしょうけどね。若いってそれだけで素敵《すてき》だわ。いろんなことができるし、たくさんやることがあるんですもの。でも、おばさんぐらいになると、一家心中してしまう人のことがわかるのよ。どんどん辛《つら》くなって、追い込まれてね、できることがみんな、なくなってしまって。蓄積したものがぼろぼろと消滅していって。変ないい方だけど、ほんと消滅だわ」

もうよせ、と父親が窘《たしな》めた。

「私は若くないです」おねえさんはにこりともせずにいった。「今年で百二十歳です」

母親はどこか悔しそうにおねえさんを睨《にら》んだ。おねえさんは、無料です、と呟《つぶや》き、ピスタチオのつまみを出した。客はタカシたちだけだった。

「あなたはアルバイト？」

「いいえ。自分の店です。あの、一家心中のことは理解できませんけど、私が気に食わないのは、子供を巻き添えにして死ぬ親がいることです」

「子供はね、親の一部なのよ。まあ産んだことのない人にはわからないでしょうけど、天国に行くときだって一緒がいいわ。こんな下らない残酷な世の中に、ぽつんと残して、自分たちだけ死ぬなんてかわいそうよ」

母親はタカシの頭を撫でた。タカシはオレンジジュースに夢中になっていた。今まで飲んだことのない味だった。母親がスーパーで買ってくるものとは明らかに違う。甘味、酸味、野の香り……。

「まさか」おねえさんは微《かす》かに笑い、その笑みをはりつけたままいった。「最低の話だと思いますけど」

「あのね、子供はただ育つわけじゃないのよ。お金も愛情も必要でしょう。普通に生きても世知辛いのに、親なしでどうやって生きていけるの。親の背負ったものを押しつけて、私たちは死にますから、はいさようなら、後は勝手にしなさい、というわけにはいかないのよ。心が歪《ゆが》んで犯罪でもして後で世間様に迷惑かけることになったらどうすんの」

もうよさないか、と父親がもう一度いった。

「借金ですか？」おねえさんはきいた。「〈たとえば一家心中しちゃう人たち〉の話のことですけど」

「そう、借金もそう。何もかもそう」

「大人が人生を放棄するのはともかく、判断力のない子供を道連れにするのは人殺しと一緒でしょう。そりゃあ、幼いうちに親に死なれたら辛いことはたくさんあるでしょうが、だから殺しておく、というのはでたらめな理屈ですよ」

母親は黙った。一息にグラスの酒を飲み干すと、小さい声で恨みがましくいった。

「何もわかってないのよ。あなた若いから、甘いのよね。なんでも、たぶんなんとかなるで済ませちゃうタイプでしょう。でもねえ、そう都合よくはいかないのよ。きっとあなた後で痛い目見るわ。きっとそうよ。そんな甘いことばかりいっていると。でもあたしもねえ、確かにあなたぐらいの歳のときはそうだったわよ。甘いこと考えていたわ。お嬢様だったの。そうよ、お嬢様だったのよ！　ウチはね、商売に失敗して財産を失ったけれど、その前は、たぶんあなたよりお金持ちだったしねえ」

「さきほどもいった通り、私は今年で百二十歳になるので、お客さんよりずっと年上ですよ」

母親は俯《うつむ》くと顔を赤らめて、ふざけているのかしら、馬鹿にするのもいいかげんにして欲しいわ、と呟いた。

話の内容はよくわからなかったけれど、タカシはなんとなく母がいい負かされたような感じがして不愉快な気分になり、おねえさんにいってみた。

「お母さんは偉いんだぞ」

「あらそう」おねえさんは冷たく返した。

「お母さんより偉い人間はいない」

「へえ」

「確かに子供は関係ないかもなあ」父親がぽつりといった。

おねえさんの眉《まゆ》がぴくりと動いた。

「借金ぐらいで死ぬことはないでしょう」

「まあこれは〈たとえば一家心中しちゃう人たち〉のことなのだけれどね」父親は頬杖《ほおづえ》をついた。「一生働いても返せない額なんだよ。もう家だってないし、貯金だってないし、いくら働いてもみんな利息でとられて、どうすんのさ。そりゃあ他人事《ひとごと》だからなんだっていえるよ。頑張れとかね」

「逃げればいいじゃないですか」

「逃げたって追ってくるんだよ」

「名前も変えて、遠いところに行けばいいでしょう。死ぬよりましじゃないですか」

「子供に満足な教育も受けさせられない、辺鄙《へんぴ》なところで、したくもない労働をして、夢も希望もなく、一生、不平をいいながらこそこそと生きていくわけかい。元気一杯ならそれでもいいが、疲れきっている人は、もういいやって思うものなんだ。そうじゃないかな。それに逃げるって簡単にいうけど、行く当てがあってのことだろう。逃走資金だっているだろう。精神力も、逃亡の技術もいる」

母親が口を挟む。

「あのねえ、さっきの話に戻るけどね、責任なのよね。他人にどうこういわれることじゃないのよ。親だけ、はいさようならー、なんてありえないんじゃない。それはね、あのね、責任なの」

おねえさんは答えなかった。タカシが見上げると、おねえさんはものすごく怒っているように見えた。

潮気の交じった夜風が吹き抜けていった。

「〈たとえば一家心中しちゃう人たち〉の話はまったく理解できませんが」おねえさんは静かにいった。「私はこの車で旅をしてここにいるものです」

母親がぱちん、と手を叩《たた》いて、おかしくてたまらないという風に笑った。

おねえさんは気にすることなく瓶からグラスに酒を注《つ》いだ。タカシの前の空になったグラスには、特製オレンジジュースをたした。

「奢《おご》りです。つまり、もしも一家心中しちゃうような家族に夜逃げが必要なら、手助けをすることができます」

間があった。

両親は顔を見合わせた。

「誰も来ないようなところに連れていけますよ」

タカシはオレンジジュースを口にやった。

そこから先は断片的な記憶しかない。

オレンジジュースに何か入っていたのかもしれないし、おねえさんの持つ魔力の仕業かもしれない。

切り取られた情景の一枚は、昼間のレストラン。

タカシはラザニアを食べていた。両親はいた。なぜか、露店のおねえさんもいた。大人たちは食事をしながら何事か話をしていた。タカシが話しかけると、大事な話をしているところだから静かにしていなさい、といわれた。

「これからどこに行くの」ときくと、父親がどこか冗談めいた笑みを浮かべて、「おまえは強い男だな？」と答えになっていない返答をした。「強いよ」タカシは答えた。

船上の風景。

ごおんごおんというエンジンの音と、途切れなく続く揺れ。

波を切って進むフェリーの甲板にいる。他にも乗客はいるがみな外国人だ。白人の観光客らしき一家がすぐ近くにいる。カメラをぶら下げた父親。ブロンドの巻き毛の女の子が紙コップのコーラを手にしている。

水平線には白い雲が輝いている。

奇妙な岩だけの島が見えてくる。遠くから島の全景が見えるが、大きな島ではない。

船はぐんぐん島に近寄っていく。

小さな無人の砂浜。切り立った荒々しい断崖《だんがい》。天然の要塞《ようさい》のようにも見える。鬼ガ島だ、とタカシは思う。

やがて船はその島を通り越す。寄港地ではなかったのだ。人が住んでいないであろう小さな島は他にもぽつぽつと見える。

次の風景は、遮るものがない闇の広がり。黒い海面を船が進んでいる。空には星が瞬いている。異国の鼻歌がどこかから聞こえてくる。香水の匂い。

両親に連れられてどこかに行く最中なのだとタカシは感じている。だが自信はない。どこかに行く最中なのは確かだが、誰に連れられているのかはわからない。

眠り、目覚め、また眠る。


気がついたとき、タカシは別の場所にいた。

揺れもなく、エンジン音もなく、穏やかな静寂の中に、鳥のさえずりが聞こえていた。

目を開いて薄い掛け布団をはいだ。

天井まで届く本棚が部屋の壁に据えられている。背表紙からみて日本語ではないと思われる本がぎっしり入っている。窓辺では緑色のカーテンがそよ風に揺れ、隙間から太陽光線が筋になって差し込んでいる。

そっとベッドから下り、カーテンを開いて外を見てみると庭があった。垣根のところにブーゲンビリアが咲き誇っている。山羊《やぎ》がゆっくり視界を横切っていった。

ガチャリと背後でドアノブが回る。露店をやっていたおねえさんが麦茶を盆に載せて入ってきた。

「おはよう」

「お父さんとお母さんは？」

「今は別のところにいる」

「いつ戻ってくるの」

「当分戻ってこないわ。あなたはね、しばらくここで暮らすの」

「誘拐したな。そうはいかないぞ！」タカシは憤慨して、お父さん、お母さん、と泣き叫んだ。

ふと見ると、おねえさんの顔が無表情に硬くなっていた。眉が吊《つ》り上がり、ひどく怒っているように見えた。両親がここにいない以上、自分は無力にひとりぼっちであり、あまり怒らせるのはまずいかもしれない。騒ぐのをやめたが悲しみは深く、布団をかぶると声を押し殺して泣いた。

「あのね。お父さんとお母さんに頼まれて、あなたを預かることにしたのよ。また会うときまで元気でいなさい。教授のいうことをよく聞いてね」

おねえさんは泣きじゃくるタカシにそういうと、部屋から出て行った。

教授？

山羊が一匹。犬が二匹。猫が一匹。鸚鵡《おうむ》が四羽。鶏が七羽。加えて家の持ち主の人間が一人。太った初老の男で、彼が教授だった。

タカシが部屋を出たとき、教授は揺り椅子で本を読んでいた。

「こんにちは」

教授はのんびりとした動作で読んでいる本を膝《ひざ》においた。

「こんにちは。まあ、仲良くやろうや」

「ぼく、あの女嫌い」

「小さな子が、目上の婦人を、あの女なんていっちゃいけないよ」

「あの女、百二十歳って本当？」

「おそらく本当だ」教授は頷《うなず》いた。「私が子供のときからあのままの姿でいる。昔はよく面倒《めんどう》を見てもらったものだ。ユナという名だ。ユナさんと呼びなさい。あと、婦人にあまり年齢のことをきいてはいけないよ」

「ぼく、ここで何して過ごすの？」

「学校に行って、遊んで、勉強をして、お父さんとお母さんに手紙を書くんだな。あと家の手伝いも忘れてはいかん」

「山羊は紙を食べるって本当？」

「本当だよ。後であげてみよう」

「お父さんとお母さんが、ぼくをここに預けたって本当？」

「本当だとも」

夕方になって、ユナはどこに行ったのかときくと、もうこの島を離れているだろうと教授は答えた。

翌日、教授と一緒に外を散歩した。

自分がいる場所が湘南から遠く離れていることが、子供心にはっきりとわかった。大気の具合や、目に付く植物、海の色が違う。会う人の多くは肌の色が濃い。

「ここは……」

地理感覚がないから、地名をいわれてもよくわからない。

「いちおういっとくけど、日本じゃないよ、『トロンバス島』」

はっきりいわれるとやはり愕然《がくぜん》とした。

「ぼくもう帰れないの？　ずっとここにいるの？」

「大丈夫だ」教授はいった。「この島に飛行場はないが、空港のある隣の島までフェリーに乗ってそこから飛行機に乗れば帰れる。毎日フェリーが来るよ」

野原には黄色やピンクの小さな花が咲き乱れている。

「ぼく逃げ出して、フェリーに乗って帰ろうかな」

返す言葉を吟味するような間を置いてから教授はいった。

「君ね。そんなに慌てて動くんじゃないよ。私が君なら様子を見るね。君が家出してフェリーに乗った次の日に、お父さんとお母さんがこの島に迎えに来たらどうする？　慌てて変な船に乗って、変な国に行ってしまったらどうなる？　それに日本に帰るにはフェリーだけじゃなくてその後飛行機にも乗らなくてはならないんだよ」

学校の児童数は六十七人だった。タカシを加えて六十八人になった。芝生のグラウンドに木造校舎。住民も子供たちもタカシの知る言語とは別の言語を話していた。

授業が終わると、言葉のわからぬ仲間たちと遊んだ。虫をとったり、サッカーをしたり、釣りに行ったりした。

子供たちは、言葉のわからぬタカシにいろいろと教えてくれた。ナミという名の日本人の女の子が一人いて、近くにいるときは通訳をしてくれた。

「言葉もさあ、二、三年いればおぼえるよ」おさげ髪の女の子ナミはふわふわとした日本語でいった。「日本人が来て嬉《うれ》しい。私少し、日本語忘れかけているから」

「みんないい奴?」

「たいがいはね。それより、呪術師《じゅじゅつし》ユナさんに連れてこられたって話だけど」

「呪術師?　あの女が?」

「そう。ここでは有名人だよ。ロブのおじいちゃんが子供の頃からいて、歳をとらないって。島で一番偉い人も、通りでユナさんを見たら挨拶《あいさつ》するんだよ」

「どんな人?」

「偉大な人という話だけど。ロブのお母さんはユナさんの力見たことあるって。なんかね、昔、この島の酒場で酔っ払いがピストルを出して暴れたとき、たまたまユナさんがいたんだって。ユナさんが何か咎《とが》めるようなことをいったら、その酔っ払いは、ユナさんにピストルを向けたの」

　ロブは同じクラスの男の子の名だ。

「どうなったの？」

「ユナさんが一言呪文のようなものを唱えると、酔っ払いは、ばたりと倒れて、そのまま眠っちゃったんだってさ」

「すごい」

「聞いた話だけどね。実際はどうなの？　魔法とか使うの？」

　タカシは首を捻《ひね》った。

「仲良くないからわかんないや。ちょっと怖い感じ」

「きいちゃいけないことだったら、ごめんね。あなたの親はどうしているの？」

「ぼくの親、宇宙人なんだ。宇宙に住んでいる」

「それ本当？」と、ナミは眉をひそめた。

　それほど嘘でもない、とタカシは思った。

「私のお父さんは死んじゃったの」ナミはぽつんと呟いた。「ダイビングの仕事をしていたんだけどね。海で」

　ふざけて宇宙人だなどといったことが、急に恥ずかしく思えてタカシは俯いた。

　食事は教授が作った。教授の料理の腕前は確かなもので、食材さえあればどんなものでも作れた。

朝には鶏が卵を産み、裏の菜園ではトマトや茄子《なす》がとれた。肉や魚介類は市場で買った。

夜になると、教授の本棚から本を選び、土地の言葉を練習した。

凧揚《たこあ》げは島の文化の一つといえるほどで、みな暇があると凧をあげた。

タカシも島の子供たちと一緒に凧をあげた。凧は上空高く浮き上がり、糸をぴんぴんと引いた。

仲間たちと環礁の浅瀬で泳いだ。水中眼鏡をして泳ぐと、青や黄の鮮やかな熱帯の魚が乱舞していた。ロブが蛸《たこ》を見つけてとった。目を丸くしているタカシの腕にロブは蛸を載せる。吸盤がべったりと肌に吸着し、蛸は墨を吐いた。

貝殻を拾って友達の家で、おばあさんと一緒に民芸品を作った。島に三つある観光客の泊まるホテルや、フェリー乗り場の近くの土産物屋で売るのだという。手伝いだったが、自分用のやつを一つ、両親にあげるためのものも一つずつ作った。

故郷を想って涙を流していても、ぼんやり山羊を眺めていても、時間は勝手に流れていく。

ユナはしばらく姿を現さなかった。島に来てから二週間もした頃、学校から家に帰るとユナがいた。

「こんにちは」

ユナは居間のハンモックに身を横たえていた。島の女性がよく着ている薄い布地のワンピース姿で、一瞬誰だかわからなかった。

「お父さんとお母さんは?」

「手紙を持ってきたわ。あと今日はあなたからの手紙も預かりにきたの。二人に渡しておくからね」

「お父さんとお母さんは、何をしているの?」

「二人ともそれぞれ仕事をしてお金を貯めている。手紙を読みなさい」

ユナは封筒を渡した。


たっくん元気ですか?

お母さんは元気にやっています。お父さんも元気にやっています。ユナさんのいうことをよくきいて、いい子でいてね。

お母さんはたっくんとは別の島のリゾートホテルで働かせてもらっています。お父さんもお母さんとは別の島で働いています。

日本にあるもとのおうちは、もうありません。でも、新しいところに住もうと計画中です。今は家がないから親切なユナさんに、たっくんのことをお願いしているけれど、新しいおうちができたら、またいっしょに住もうね。こちらはおどろくほどものが安いので、お父さんがもどってくればすべてうまくいくと思うの。たいへんだろうけど、それまでみんなでがんばろうね。

私たちを許してね。

お母さんより

「許さん」タカシはいった。

「ああそう」ユナは冷たく返した。「許そうが許すまいがいずれ二人に会える。だから待ちなさい」

教授がコーヒーを持ってきた。

「まあ、まあ、せっかく来たのだからユナさん、のんびりしていって」

ユナはコーヒーの匂いを嗅《か》いでから美味《おい》しそうに啜《すす》った。

「お言葉に甘えて泊まっていくわ」

教授は、手紙に目を落とすと、タカシの頭を撫でた。

「ほら、誘拐じゃなかっただろう。家出しないでここにいるのが一番だよ」

「その子は手がかかる？」

「全然かからないよ」タカシは教授の代わりに答えると、あらかじめ書いていた手紙と、親用に作った貝殻の首飾りをユナに渡す。

お父さんとお母さんへ

きがついたらへんな島にいてびっくりしました。これからどうなるのかわからなくてふあんです。いちおう元気です。

でもちょっぴりたのしい島です。

お父さんとお母さんにはやく会いたいです。

はやくも新しい友だちができましたが、言葉がぜんぜんわかりません。五年三組のみんなとも会いたいです。

くびかざりはぼくが作りました。

タカシより

その夜、嫌な夢を見た。

真っ暗な海の中にぽつんと岩だらけの島が浮かんでいる。

来るときにちらりと見た無人島だ。島には塔のような岩山、もしくは岩山のような塔があり、外側にぐるぐると螺旋《らせん》状に巻きついた石段で頂上までいくことができる。

夢の中の設定でタカシは「ここで親に会える」と伝えられていて、期待に胸を膨らませて石段を上っている。

月光の照らす頂上の円形の広場に出るが、人影はない。

人類が滅びた後の砂漠にでも吹きそうな、寒々しい風が吹きすさんでいる。

あたりを見回すと、棺《ひつぎ》が二つ置かれている。

ああ、そういうことか、と体から力が抜けていく。お父さんと、お母さんは、あの中にいるんだ。

どうして死んだのだろう？

どうして？

殺されたのだ、と思ってみる。でも誰に？　わからない。ユナではない。ユナは嫌な奴かもしれないが、殺したりはしない。

文明から遠く隔たった孤島の夜には、死の気配が満ちている。

お父さんとお母さんを殺したのは巨大な夜ではないのか。

雲が月を隠す。両親を殺した巨大な夜は、今、自分をすっぽりと包んでいる。

棺の蓋《ふた》を開いてみなければ、まだわからない。空《から》かもしれない。死体があったとしても、自分の両親のものではないかもしれない。だがそう考えると、棺の蓋を開いて中を確認するのはなおさら怖い。

助けて、とタカシは叫びたくなる。

棺桶《かんおけ》を開いたらそこに両親がいて、あなたもこっちにきなさいといったらどうしよう？　荒涼とした広大な暗黒をさまようのと、好きな人たちの静かな眠りに加わるのと、どちらかを選ばないといけないとしたらどうしよう。

目が覚めると夜半だった。

網戸から虫の声が聞こえる。

凄《すさ》まじい不安感が津波のように襲ってきて、泣きじゃくりながら部屋を出た。居間の梁《はり》に吊られたハンモックにユナがいた。タカシが居間に入ると、ハンモックから身を起こす。ユナの横顔は窓から差し込む月明かりに照らされていた。一瞬、その月光の具合が悪夢のものと同じだったので、まだ夢が続いているような気分になった。開け放した隣の部屋からは教授の鼾《いびき》が聞こえている。

「眠れないの？」

タカシは枕を脇に抱えて頷いた。

ユナにききたい。お父さんとお母さんは、本当に今生きているのか。あの手紙は本物なのか。でも、夢の中で棺桶を開くことができなかったのと同じく、返答が怖くて言葉が出ない。ただ涙が零《こぼ》れる。

「どうした」ユナはやさしくいった。

「嫌な夢を見た」

「だから泣いているの？　大丈夫よ」ユナはハンモックから下りた。「心配したって仕方がない」

「困ったわね。じゃあ、ちょっと散歩でもしようか」

「夜が怖い」

　タカシはユナに促され、靴をはいて外に出た。ひょうたん形に太ったバオバブの木が道の脇にぽつぽつと立っている。

　タカシとユナは手を繋《つな》いで歩いた。次第に落ち着き、さきほどとり乱したことが少し恥ずかしくなった。

　空を見れば満月が煌々《こうこう》と輝き、光の輪を作っていた。

　タカシはあっと息を吞《の》んだ。上空を白い鳥がゆっくりと飛んでいく。大きい。鴉《からす》や鳩の十倍もある。

　嘴《くちばし》は長く、鶴に似ていた。続けて三羽。翼は月光を浴びて青白く輝いている。この季節の渡り鳥だとユナが教えた。

　丘の先に石造りの平屋の建物がぽつんと建っていた。近付くとマンドリンの音色が漏れ聞こえてくる。

「あそこに私の友達がいるから」

　ユナが呼び鈴を鳴らすと、家の中から、おそらくは、入ってこいという意味の返答があった。

扉を開くとラム酒の匂いがした。ランプの灯《あか》りの下で、年齢のわからぬおばさんが一人籐椅子《とういす》に座っていた。傍らにマンドリンがある。黒い大きな犬がおばさんの足元に蹲《うずくま》り、タカシに好奇心旺盛《おうせい》な瞳《ひとみ》を向けた。おばさんの後ろには棚があり、大小のたくさんの瓶が並んでいる。

おばさんとユナは、土地の言葉で何事か話していた。会話の雰囲気から、二人は気心のしれた仲であろうと推測できた。タカシはそのあいだ犬を撫でていた。

やがてユナはタカシに声をかけた。

「この人はね、お酒を造っている人なんだけど、悪い夢をとる力があるの」

おばさんはタカシに微笑んで見せる。

「悪い夢を？」

「そう。満月の夜にね、悪夢に迷い込んだ島の子供はここにくるのよ」

「ぼく、もう大丈夫だよ」

「あら、せっかく来たのに」

おばさんは、どっこいしょと椅子から立ち上がると、タカシの頭に手を載せた。太い節くれだった指だった。ぼそぼそと何か呟く。ユナが通訳した。

「目を瞑《つぶ》りなさいって」

タカシは仕方なく目を瞑った。

網膜にオレンジの模様が見える。風の音に鳥（きっとさきほど夜空を横切っていた白い鳥）の鳴き声が交じっている。

唐突にどこか深い穴に落ちた感覚があった。

網膜のオレンジが消え、音が遠ざかる。

数秒で、自分の体重が消えた。生まれたときから気がつかぬうちに、自分を支えていた糸が全て切れたような感覚だ。まるで宙に浮いているような気がする。

まだ夢の中にいるのではないか。

バイオリンの音色が遠くに聞こえ、徐々に音量が上がっていく。バッハか何かだ。最初は闇の中でその音楽だけがしていたが、ふいにトンネルを抜けたかのように何もかもが開けた。

手がハンドルを握っていた。

嘘だろ？　と思う。窓の外では夜の景色が流れている。自分が――ハンドルを握っている――車だ。車を運転している。

夢とは思えぬ現実感がある。

信じられない。ミニカーが好きだった。遊園地のゴーカートに熱狂した。本物の車の運転をするなど、憧《あこが》れという言葉のさらに先にある天上の夢だった。

全ての計器や、足元のペダル、助手席との仕切りにあるレバーの使い方を熟知して、特に気負いもなく運転している。アニメのロボットのコクピットみたい。

喜びが脊髄《せきずい》を昇っていく。どことも知れぬ舗装された道を街灯が照らしている。

S字のカーブ。爽快《そうかい》だ。どこにでも行ける。この夢は覚めてほしくない。もう少し、もう少し。

「どう、いい夢を見た？」

呆然《ぼうぜん》としているタカシにユナがやさしくいった。おばさんは籐椅子に戻ってパイプをふかしている。さあもう行きましょう。タカシはユナに促され、石造りの家を後にした。ドアの前で振り返ると、おばさんがウインクしてみせた。

ユナは酒瓶が入った籠《かご》を抱えている。メインの目的は仕入れだったのだろう。タカシも籠を一つ持たせられた。

歩きながらタカシはきいた。

「ユナさんにもお父さんとお母さんがいるの」

「そりゃあ、大昔にはね。百年ともう少し前に順番にいなくなったけどね」

タカシはそれ以上きかなかった。しばらく黙って歩いた。

「ありがとう」

自然に口から出た。

「礼なら世話になっている教授にいいなさい」

「どうして教授は世話をしてくれるの」

「私に恩があるからよ」

きっとぼくもユナに恩があるのだと、タカシはぼんやり思った。いつか、ぼくが立派な男に育ったら、彼女がぼくのところに誰かを連れてくるかもしれない。そのときは、面倒を見なくては。想像すれば悪くない。

ユナとタカシは教授を起こさないように、忍び足で家に入った。お互いに顔を見合わせて、合図のように笑うと、それぞれの寝場所に戻る。ぼくは本物の車を運転したんだ。タカシは毛布に包《くる》まるとほっと息をつき、恍惚《こうこつ》としながら、今度は穏やかなやさしい眠りについた。

翌日の午後、ユナは島を去った。タカシは草原を抜けて、丘をのぼる石段を駆け上がった。灯台は真っ白なペンキで塗られていた。日陰に腰掛けると、ユナを乗せたフェリーが港を出て、水平線の彼方《かなた》に消えていくのを眺めた。

ユナが去った数日後だった。
タカシは学校に行く途中の水溜《みずた》まりを跳び越えながら走っていた。鳴き声を耳にして青空を見上げると、何百匹もの白い鳥の群れが青を背景に空を横切っていく。月夜の晩に見たのと同じものだ。

島を去る鳥たちの行く先の風景を想像し、母親のいる島と、父親のいる島のことを想像する。世界の九十九パーセントは想像するしかないものばかり。いつかぼくは夢で見た車を運転するのだろうか？

紫焔樹の島

1

私の生まれた島には、紫焰樹《しえんじゅ》と呼ばれる樹木があった。ただ一本だけで島のどこにも同じ種類のない特別な樹だ。

乾季の終わり頃に、紫焰樹はその名の通り、鮮やかな紫色の花を咲かせた。開花の季節に少し離れたところからこの樹木を見ていると、まさに紫の火がついて燃えているように見える。

花が落ちて雨季に入った頃に、果実がなる。

一本の樹に白と赤の、パパイアに似た形状の実が数百もなる。

赤い果実は食べてよいが、白い果実は食べてはならないといわれていた。島の伝説では、遥《はる》か昔に、紫焰樹を人間が発見したとき、神様が「人間よ、ここを見つけてしまったのだから仕方がない。赤い実は一年に一度だけ口にしてもいい。だが、もしも白い果実まで口にしたら、赤い果実も白い果実も、二度と口にはできなくなる」と警告したのだ。

そしてこれまでその約束は守られ続けてきた。

そんなわけで赤い果実だけが収穫される。村では神秘の果実ともいわれ、神様との約束通り、一年に一度、豊年を祈念する祭りのときにだけ食べることが許されていた。収穫されなかった実は土の上に落ちる。実からは芽がでない。しばらく残っているが、やがてぼろぼろになって土に消える。


そんな紫焔樹を実際に見たことのあるものはほとんどいない。

紫焔樹の生えている森の奥の聖域は、不思議なことに足を踏み入れるものを選別するのだ。森に選ばれた人間だけが聖域に入ることができる。そうでないものは、どれほど頑張って森を歩いても、どこか別の場所に出てしまうか、迷って死ぬかのどちらかだ。

古《いにしえ》より、その聖域に入り赤い果実を収穫してくることができるのは女だった。そんな女は、果樹の巫女《みこ》と呼ばれた。


まだ私の背丈が大人の半分もなかった頃、私は集落から浜辺へ向かう道を歩いていた。あまりにもぼんやりしすぎていたのか、いつのまにか私はジャングルの中の見知らぬ小道に迷い込んでしまった。鬱蒼《うっそう》とした樹木のトンネルの先が紫色に輝いていたことをおぼえている。あの輝きは何だろう、と好奇心から私はどんどん奥へ奥へと進んだ。

ぱっと景色が開けると、視界いっぱいに紫が燃えていた。

円形の空間と、その中央に立つ大きな樹木。

私はすぐに自分が目にしている紫の炎は、本物の炎ではなく、樹木に咲いている花がそう見えているだけなのだと気がついた。

木の根元には、少女が一人座っていた。歳の頃は十三か、十四か。私よりずっと年上だ。

少女は私を見ると手招きした。私が近寄ると微笑んで抱きあげた。

「私はスー」

集落で何度か見たことのある少女だった。どこか常人離れした雰囲気を持っていて、彼女が通るとじっとその動きを目で追いかけていたものだった。

「かわいい妹ができたわ」

スーはそういって私の頭を撫《な》でた。どうもここは年長の彼女のお気に入りの場所らしい。よくも入ってきたな、出て行け、といわれるのなら理解できたが、このようにやさしく受けいれてもらえたのが意外だった。

「一人でずっと寂しかったの。これであなたも、果樹の巫女になるのよ」

樹木の後ろから、黒く巨大な怪物めいたものが現れた。

私は硬直した。大丈夫よ、とスーは笑った。

ここの主だから。何も怖がることはないわ。

こうして、その日、私には姉ができた。

私たちは特別だった。あの頃、森は私たちを包んでいた。毒虫も私たちを避けた。姉は鹿のように速く走り、私は笑いながらその後ろを追いかけた。姉は蔦《つた》にぶら下がって小川を跳び越える。私も蔦にぶら下がって後に続く。そこら中で鳥やオオトカゲが鳴いている。

私の頭の中には、妙に明るい部分がある。意識を集中すると、頭の中の明るい部分は輝きを放つ。すると体がとても軽くなる。

本当に軽くなるのだ。水面をスキップできるのではないかというぐらいに。やがて輝きは頭の中から漏れだし、世界全体に広がっていく。ぱあっと何もかもが活《い》き活《い》きと鮮明になっていく。百歩先の樹木の枝にとまった蝶《ちょう》の触角の動きが見える。全てが手にとれるほど近くにある。

そんなとき森は、紫焔樹の聖域への道を私たちに開く。

姉のスーに話すと、自分も同じだという。

「そうよ、ユナ」彼女はいった。「たぶんその頭の中の輝く場所が大事なのよ。それがない人は、誰もここにくることはできないのよ」

スーが四歳のとき、スーの父親は病で死んだ。母親はスーにほとんど関心を示さず、ほったらかしにしていた。

スーはある日、森に迷い込み、紫焔樹の聖域に辿《たど》りついた。

代々続く果樹の巫女は、そのときにはかなりの老齢になっており、自分の跡継ぎができたことをたいそう喜んだ。自発的に聖域にやってきた娘だけが果樹の巫女となる資格があるとされていた。スーが新しい果樹の巫女になった翌年に、先代の老女は眠るように死んだ。

「聖域と集落の橋渡しもね、一人でするのは寂しいと思っていたところで、あなたがきたの」

私の両親もスーと同じようなものだ。私の母親は私が生まれたときに死に、父親は私が物心つく前に、海で波に呑《の》まれて死んでいた。私の祖父はもういなかったが、漂着した異人で、村に馴染《なじ》むことはなく一生差別されて村はずれで暮らしたという。

血の繋《つな》がっていない私を妹だというスーを、私は無条件で信頼し、愛した。聖域に選ばれた人間どうしという私たちの繋がりは、血の繋がりよりも強いものに思えた。

聖域に入ると空気の質が少し変わる。気温が少し下がり、説明できない不思議な芳香が微《かす》かに漂っている。紫焔樹の匂いなのだと思う。私はこの匂いを嗅《か》ぐと、ほっと幸福な気持ちになる。

聖域の中には小屋がある。ハンモックが吊《つる》してあり、枯れ草のベッドもある。聖域でぼんやりするときはそこへ行く。

紫焔樹の向こうから真っ黒な神様がすっと姿を現す。

神様の名はトイトイ様。紫焔樹の聖域はトイトイ様の塒《ねぐら》でもあるのだ。

トイトイ様は黒い毛に全身覆われている。手が長い。私やスーよりも体は大きく、長い尻尾《しっぽ》が生えている。よく枝にぶら下がっている。その気になれば地上に降りず、樹木を伝って移動できる。瞳《ひとみ》は紫焔樹の花と同じ紫色だ。

島の民はみな、トイトイ様のことを恐れていた。トイトイ様が集落に現れることはないが、それでも森や岩山で偶然にトイトイ様を見かければ、動きを止めて膝《ひざ》をついて頭を垂れるのが慣わしだった。トイトイ様は敵意のないものを襲ったりしないから、そうすれば安全なのだ。もしも敵意を向ければ、瞬時に首をもぎとられて殺されると噂されていた。

私にとってトイトイ様は少し別の存在だ。

私は紫焔樹の下でトイトイ様に飛びつき、首にしがみつく。トイトイ様の毛はしっとりと艶《つや》がある。少しも怖くなどない。私はトイトイ様が大好きなのだ。

「なんでみんな膝をつくんだ？」

トイトイ様はいう。喋《しゃべ》れるのだ。何代もの果樹の巫女と話しているうちに人間の言葉をおぼえたという。

「怖がっているのよ」姉がいう。

「人間がな？　わしのほうが怖いよ」

トイトイ様は頭を掻《か》く。

もしも海の向こうから偉い神様がやってきて、島の代表者を出せといったら、出て行くのは酋長《しゅうちょう》でも他の誰かでもなく、トイトイ様だと思う。トイトイ様がいったいどれほど昔から存在しているのか見当もつかない。トイトイ様は日も、年も数えていないという。

時々トイトイ様は、私や姉のことを、ポラ、とか、フィーラとか、ロロ、とか呼んだりする。今はとうにこの世にいないずっと昔の果樹の巫女の名だ。思わず間違えてしまうのだという。

その日、姉はトイトイ様に報告をした。

「四日前にはげたか岩の高台から、浜に小船と人が流れ着いているのを子供が発見したわ。漂着者は一人。かなり衰弱していたから村に連れて行って介抱したの」

トイトイ様は首に私をぶら下げたまま髭《ひげ》を震わせた。

「トーレの民かね」

トーレは、私たちの島から一番近い有人島だ。正確にはトーレ環礁といって、トーレの他にもペピ、アルリ、コラなどいくつかの島が集まっているところだけれど、私たちはそれらを全てまとめてトーレと呼んでいる。

トーレと私たちの島はとりあえず友好関係にある。だが一番近いといっても百キロは離れているので、交流はたまにしかない。

「違う。見慣れない感じ。とても遠くから来たのだと思う」

トイトイ様はどうしたものか、という風にしばらく無言だった。

「ごくまれにくるんだな。遥か彼方《かなた》からの人間が。鳥のようだ。人間は面白いな」

「集落はちょっとした騒ぎになっている。でも受けいれることになるはずよ」

トイトイ様は伸びをすると、身を横たえた。

「ユナよ、いつまでもしがみついていないで、ちょいと背中を掻いてくれ」

2

小船で浜辺に流れ着いた男の髪は金色で、目は青かった。見慣れない服を着ていた。

姉の予想通りに集落の人々は漂着した男を受けいれた。

故郷を遠く離れてしょんぼりとした漂流者は島民の同情を誘ったし、温厚な性質のようで、脅威を感じることもなかった。

姉と私が、集落に顔をだすと、青い目の男はちょうど大量の薪を背負って、酋長と立ち話をしているところだった。

「よそ者よ。ここで暮らせ」酋長は男にいっていた。「きっとおまえは死ぬまでよそ者だ。だが、我々は、よそ者は歓迎するから心配するな。おまえはここにはない新しい血を持っている。俺はおまえの息子や娘を見てみたい。おまえの息子や娘は、ことによれば死ぬまで〈よそ者の息子や娘〉かもしれんが、それも気にするな。人と違うことは魅力だよ。みながよそ者の息子だなんてかっこいいと羨《うらや》むだろう。そう、村が明るくなる。そしておまえの息子や娘が新たに子供を産んだとき——おまえの孫——これはもう完全に島の人間だ。よそ者の孫ではない。それでよいのだ。我々はみな、大昔からそうしておる」

男は頷《うなず》いた。話がわかっているかどうかは怪しかった。きっとわかっていないのだろう。

「酋長さん、そんなまくしたてても通じないわよ」

姉が割り込んだ。

「言葉はわからんでも、だいたいのことは通じるだろう。それ、スーも何か話しかけてみろ」

「調子はどう?」

姉が話しかけると、男の顔にぱっと光が差した。

「い、いいよ」男はたどたどしく応じた。挨拶《あいさつ》だけはもうおぼえたらしい。「ぼくの調子、いい」

酋長が姉に囁《ささや》いた。

「で、トイトィ様はなんと」

「問題ないわ。トイトイ様は、めったなことがなければ人間どうしのことなんかに口出しをしない」

周囲にいた何人かが、ほっと安堵《あんど》の表情を見せる。

私が姉のそばに行くと、みな場所を空けた。

果樹の巫女になったと集落に伝えられた日から、みんなが私に一目おくようになった。どこの家に行っても、食べ物がでた。私は大人と対等につきあい、同じ年頃の子供はあまり近寄らなくなった。

正直にいえばこのとき私は少しだけ異国の漂着者が怖かったが、あえて余裕の微笑を浮かべ、悠然と問いかけた。

「で、そう、あなたの名前はなんだっけ」

彼は姉から私に視線を向ける。

「スティーブン、キミは？」

「私はユナ」

スティーブンはずいぶん頭の切れが悪い男だと思っていた。彼は呆《あき》れるほどに無知で、言葉がほとんど喋れないのはもちろん、ごく簡単な集落の決まりすら理解できず、いつもおどおどしていた。弓矢で的を狙わせてもかすりもせず、笛を吹かせても音がでず、太鼓を叩《たた》かせても素質なしで、泳ぎも島の若者たちに比べれば泳げないに等しく、力比べをしてもまったく弱かった。

島の男女は、好奇心と、同情と、嘲笑《ちょうしょう》の入り交じった視線を彼に向けていた。だが彼は人気者だった。彼が困惑していると、誰もが世話を焼かなくては気が済まないような気分にさせられるのだった。

スティーブンは島のあちこちをうろうろと歩きまわった。暇があれば、誰彼なしにつかまえて言葉の練習をしていた。

彼は小船と一緒にいくつかの荷物を持ってきていて、それらは大海の彼方からやってきた宝として酋長のものになっていた。鞘《さや》に装飾のあるナイフや、双眼鏡、小さな鏡。コンパス。今でこそ名前がわかるが、当時の私にはどれも魔法じみて、とても貴重なものに見えた。

あれほど愚かで間抜けな男が、こんな不思議なものを身につけ、所有していたことが信じられなかった。同じものを作ってみてと彼に頼んでも、彼は首を横にふるばかりだった。

ある日私が浜に行くと、姉とスティーブンが並んで座り、睦《むつ》まじく二人で話していた。姉は私を見ると立ち上がり、スティーブンに別れを告げた。

私は姉と二人になってからきいた。

「あんな、コボロ鳥よりも鈍いのと話して楽しい?」

姉は笑って私の髪を撫でた。コボロ鳥は島のあちこちにいる飛べない太った鳥で、動作がのろいので、食用に簡単に捕まった。一羽で、六、七人が満腹になる量の肉がとれた。

「スティーブンは鈍くない。たぶん、この島の誰よりも賢く、ものを知っているわ」

「まさか」

「まだ言葉を上手《うま》く喋れないだけよ。月のことも、星のことも、船のことも、海の向こうの大きな陸地の人々がどんな風にして暮らしているかも、どんな動物がいるのかも知っているわ」

姉はスティーブンについてまだ話したがっていたが、私は遮った。

「もういいや、トイトイ様のところに遊びに行こう」

「本当にユナはトイトイ様が好きね。でも、トイトイ様は島の神様なのよ。あなたの遊び友達じゃないんだからね」

地面に落ちた枝葉の影が静かに揺れる午後の聖域で、トイトイ様はのんびりとした口調で、私にいろいろ質問をした。

「ある日、この島が津波に呑まれてみんな死んでしまうとする。だが、おまえがただ一人だけ生き残る人間を選ぶことができるとしたら、誰を生き残らせる？」

私は考えてから、「スー姉ちゃん」と答えた。

戯れの質問だけど、実際にそうなったら私は姉を残したかった。

「それって自分以外にってこと？」

「自分も含めてだよ」

「まあ、それでもスー姉ちゃん」

「どうして？」

「お姉ちゃんなら、いつかすごい魔法で全員を元に戻してくれそうだから」

トイトイ様は眠たげに目を瞑《つぶ》る。私もトイトイ様の体を枕にして寝転がる。

高い梢《こずえ》の間を、蒼《あお》い体に赤い尾羽の鸚鵡《おうむ》が横切る。

「あ、やっぱり誰も生き残らせない」私はいう。「一人だけ生き残るなんてかわいそう」

少し眠くなる。

眠って夜になってしまっても雨よけの小屋があるし、泊まっていっても特に問題はない。トイトイ様がいる聖域は、島で一番安心できる場所だともいえる。

紫焔樹に小さな実がなっているのが視界に入った。

「今度は私が質問。紫焔樹はいつからここに立っているの？」

「人間がやってくる前からさ」

「なぜ一年に一度、紫焔樹の果実を食べるの？」

「わしにきくなよ。あんたたち、人間がそうしたほうがいいと思って、やっているんだろう。別に食べなくたっていい」

「赤い実を食べると、みんなが健康になるんだって」

「そうだな。そういう力はある」

白い実のことについてはきかなかった。二度と果実が食べられなくなる禍々《まがまが》しい禁断の実のことは、軽はずみにでも、話題にしたくなかった。

トイトイ様はあくびをした。

「この実を食べると、平和な気持ちになっていく。ずっと昔の果樹の巫女は、調和の果実だといっとったよ。わしにはよくわからんが調和だよ」

私たちは果実を食べることで、目に見えない糸でみんなこの樹木と繋がっている。さらに眠くなってきて、もうトイトイ様の言葉が上手く耳に入らない。

「きっと魔法みたいなものね」

私は呟《つぶや》き、夢の中に入る。

3

私が身を起こすとトイトイ様は消えていた。

トイトイ様は本当に不思議な存在だった。いるときは確かにそこにいるのに、消えるときは最初から何もいなかったかのようにいなくなる。

「私は、イギリス、から、きました」

スティーブンは枝で砂をひっかく。イギリスの形を描いているらしい。

「イギリスは、海の向こう、ずっと、ずっと向こう、にある大きな島、です」

彼をとりまいて座る島人たちは、じっとその形を眺めた。

「船が沈没して、みな死にました」

スティーブンは涙を流すジェスチャーをしてみせた。みな頷いた。


スティーブンは恐るべき速度で言葉を学び、島にどんどん馴染んでいった。姉が最初にいった通り、彼は愚者ではなかった。

彼は島の共用の畑を耕し、集落の住民が家を改築する手伝いをした。青年たちに交じって狩りに参加し、コボロ鳥をとった。人懐っこい性格で村人の誰ともすぐに仲が良くなった。また彼はとても遠慮深かった。よそ者にとって一番大切なことは人間関係だとわかっていたのだろう。

ある日、姉は困ったような笑いを浮かべて私にいった。

「スティーブンはね、集落の下にある土地を開墾して、もっとたくさんの畑を作ったらどうかというの。食べられる作物を全部植えてね。それからね、竹で垣根を作って、その中でコボロ鳥を増やすべきだというの。雄と雌のつがいを垣根の内側にいれて、卵を産ませて、雛《ひな》を育てて」

妙な考えだ。

「馬鹿じゃないの？　コボロ鳥の水と食べ物は」

「それは、私たちがあげるのよ」

「だって、コボロ鳥なんて、そんなことしなくても、丘のほうとか、浜辺のほうの森へ狩りに行けばいいじゃない。簡単にとれるでしょ」

「そうよねえ、畑の話はともかくだけど」姉は苦笑いをした。「スティーブンがいうには、集落のすぐそばでね、垣根の中で数を増やしながら飼っておけば、雨の日が続いたときなんかでも狩りに行かずに好きなときにコボロ鳥がとれるし、毎日卵もとれるって。狩りすぎて野原のほうにいる鳥の数を減らしてしまうことも防げるって」

「そのために誰かが一日中、コボロ鳥の世話をするの？　大変なだけで意味ないよ」

「そうよねえ」姉は腕を組んだ。

それに、と私は思った。コボロ鳥がいかに愚かな鳥だからといって、ただいつでも食べられるようにと垣根の中にいれて閉じ込めておくなんて凄《すご》く嫌な感じだ。コボロ鳥が狩れないときは、コボロ鳥のことはしばらく忘れて、別の食物を食べればいい。それが正しいのではないのだろうか？

「私もそう思うわ。スティーブンは本当に変ね」

「なんなのあの人」と私は呆れてみせた。

「でも、面白い人よ」姉はいう。「お祭りになれば、ね」

祭りになれば、スティーブンは紫焔樹の果実を食べる。そうして初めて本当に島の一員として迎え入れられる。そのことは集落の人たちが話し合ってもう決めている。

その後、スティーブンはコボロ鳥を囲うことはしなかったが、私たちが予想できないようなことをたくさんした。

彼は湧き水の前に、竹を使用した手製の樋《とい》を設置し、水を汲《く》みやすくする工夫をした。集落の前の小さな谷間にロープを渡し、崖《がけ》の向こうから、ロープに籠《かご》を引っ掛けて荷物を渡す仕掛けを作った。これまでは谷間の向こうで手にいれたコボロ鳥や作物は、谷を降りて川を渡って運ばなくてはならなかったのが、スティーブンのロープのおかげで、道のりが大幅に短縮され、谷の上どうしで獲物や収穫物を集落に運べるようになった。

そうしたことは全て酋長の許可を得た上で、自分は裏に引っ込み、村の若い仲間みんなの発案ということにしてやったので、嫉妬《しっと》されることも、顰蹙《ひんしゅく》をかうこともなかった。

ある満月の晩、海を見下ろす高台の岩の上に私はいた。巨石がごろごろと転がっている丘で、島で一番高い岩山へと続く道でもある。そこら中にウミネコの巣がある人気《ひとけ》のないところだ。

私は自分が座っている岩から、少し低い位置にある別の岩に、スティーブンの背中を見つけた。

彼は一人で肩を震わせていた。泣いているのだとわかった。

その背中を見た瞬間、ようやく私は彼を小ばかにしていた自分を恥じた。酋長にしろ、果樹の巫女である私にしろ、その他の誰にしろ、人の自信や強さの多くは、その人が置かれている立場に支えられたものだといっていい。

もしも私が彼と同じ境遇になったら、彼のように生きていけるだろうか？　紫焔樹があるからこその私だ。この島から出たならば、枝から千切った葉が枯れてしまうように、すぐに干からびて死んでしまうように思える。そう考えれば、望んで漂着したわけでもないこの島で、ずいぶん上手くやっている彼の底知れぬ強さと苦労がわかってくる。

スティーブンを見ながら不思議な胸騒ぎをおぼえていると、彼のそばに女が現れた。姉だった。姉はスティーブンの隣に座った。

私は姉とスティーブンの一部始終を見てからそこを離れた。

月に照らされた灰色の雲が夜空を流れている。

私は自分の頭の中の輝く場所へ意識を集中して、聖域に入った。

紫焔樹のそばにくるとしばらく放心した。

トイトイ様が私の横に現れた。

「みんな大嫌い」

私はいってみた。

でも、いってみただけで、本当は誰も嫌いではなかった。

トイトイ様は慰めるようにいった。

「時折、寂しくて、寂しくて、仕方がなくなるだろう?」

私は答えなかった。

「みんな同じだ」

トイトイ様は長い手を伸ばして私の頭を撫でると、森の中へと消えていった。

4

「ユナ、うかない顔をしている、どうした」

よく晴れた日で、スティーブンが私に声をかけた。集落の外れにある大きなガジュマルの木陰だった。

彼はまた変なことをしていた。竹を組んだ面妖《めんよう》なワゴンに、ココナッツや西瓜《すいか》をたくさん積んでいる。ワゴンの下には丸木の車輪がついていた。

「これが重要」スティーブンは車輪を示した。

「これがくるくるまわって重いものを運べる」

「ふうん」私は興味なさそうにいった。

スティーブンは西瓜をとると、黒曜石のナイフで素早く切って、私に差しだした。

「嫌なことでもあったのかい」

私は、別にいらないんだけど？　という視線を彼に送り、それから、まあ仕方ないか、という顔をしてみせてから西瓜にかぶりついた。

「スティーブンはさ、お姉ちゃんのこと好きなんでしょう」

スティーブンはとぼけるように目を泳がせ、「まあね」と島の言葉で答えた。

「スティーブンは、この島が好き？」

「ああ、ここにはお金もないし、みんな仲良くやっている。いろんなうまい食べ物もあるし。いいところだ。それに」

お金って何？　と思いつつ先を促す。

「それに？」

「キミたちがとても不思議で面白い。みな不思議な力を少しだけ持っている」

「そうね。まあ、私からすると、あなたが不思議だけどね」

私の声は少しトゲトゲしかったと思う。

「前からききたかったんだけどさ、なんでたくさんものを運ぶ方法とか、そういうことを考えるの？　考えなくてもいいじゃない、そんなこと。これまでそれで上手くやってきているんだからさ」

「そんなこといわないでよ」スティーブンは困惑気な顔をした。「考えるのが好きなんだ。だって家だって、弓矢だって、笛だって、その昔、誰かが考えたからあるものだろ？」

「コボロ鳥の話を聞いたよ。あれは最低の考えだと思った」

垣根の中に閉じ込めて、食べるために飼う話。

スティーブンは申し訳がなさそうな顔で頷いた。

「そうだね。キミのお姉ちゃんもいっていた。そこまでしたらコボロ鳥がかわいそうって。あれは忘れてくれ」

私は西瓜を食べ終わってから、スティーブンの車輪つきワゴンを見た。

「で、これはなんだって？」

「押してごらん」

私とスティーブンが二人で押すと、重たいはずのワゴンがガラガラと動いた。私は思わず笑った。

「動いた！」

「だろ？ものを運ぶのにいい」

「もっと積める？」

「たくさん、たくさん、たくさん西瓜を積んで」スティーブンはいった。「ぼくと海を渡って、大きな陸地で何人かでこれをがらがらと引いて、世界の果てまで行ってみるのはどう？」

私は想像した。

「すぐに西瓜がなくなる」

「なくなったら、とれるところで補給すればいいさ。世界の果てまで行ってから、最後にこの島まで戻ってこよう」

スティーブンはワゴンを指でさした。

「屋根もつけて、荷物をたくさん積んで」

「馬鹿みたい」そういう私に、スティーブンは「お飲み物をどうぞ」と、竹筒に入った水を差しだした。水にはレモングラスが浮いている。

私の島に「お店」は存在しなかった。彼がこのとき遠い故郷の「お店」――レストランやバーの真似事をしていたのだと気がつくのはずっと後のことだ。

私が立ち去るとき、「ありがとうございました」といった彼を、私は〈ああ、やっぱりこの人は本物の変人なんだな〉と思った。

それから後、材木や、カヌーといった重いものを運ぶときには、スティーブン作製の台車が大いに活用されるようになった。彼は気前よく作り方をみんなに教えた。私は十人ほどがスティーブンの前に座り、丸木を切った車輪を手にして、熱心に指導を受けているのを見た。

スティーブンといると、私は自分自身がどこか間違った劣った存在のような気がするときがあった。

不思議な夢を見た。

私は純白の浜に立っていた。

波はよせてはひいている。隣には姉がいた。

湿った強風が吹いているが何の音もしない。

空は分厚い雲に覆われ、晴れ間はない。水平線の先、遠い海上には竜巻があった。

普通の竜巻ではなかった。

真っ黒で、小さな島などまるごと呑み込んでしまいそうに太く、目を凝らせば巻き上げられた鯨や、家の残骸《ざんがい》や、カヌーがぐるぐるとまわっていた。竜巻というよりも、別の何かかもしれない。

崩壊する。私は夢の中で感じた。

あれは私たちの島にじりじりと迫ってくる。誰も何もできない。あの大きさでは逃げようにも逃げる場所がない。太陽がいつか沈むように、命がいつか終わるのを防げないように、あれが島を崩壊させることは時間の問題で、避けられない。

夢の中で私は泣いた。

夜明け少し前に目を覚ますと、隣のハンモックから姉が寝言のようにぼそりといった。

「真っ黒な竜巻」

スーも同じ夢を見たのだった。

私たちは外に出た。虫も蛙も鳴きやんでいる。

高台に出て海上を見た。

星は消えかけていた。朝を待つ暗い海があるだけで、真っ黒で巨大な竜巻などなかった。

芭蕉《ばしょう》の葉の茂みをかきわけ、紫焔樹の領域へと走った。夜が明けていく。

樹木のトンネルをどんどんくぐり抜け、聖域にでた。紫焔樹は、葉を落とし、小さな実がつき始めていた。これがこぶし大にまでなったら収穫のときだ。

トイトイ様の姿を探したが、留守だった。いつも会えるわけではない。

「何か、とても」

私はいいかけて黙った。

とても怖いことが起こる。

「災厄の予兆などではなくって、ただの気のせいだといいけどね」

姉は暗い表情でいった。

「前にもこんなすごく怖い夢を見たことがあるの。トイトイ様はそのときいっていた。私たちは――この島の人間全てのことだけど――紫焔樹の力で何百年も護《まも》られてきたんだって。いろんな災いからね。本来崩れてしまうバランスを、あの樹が上手く保っているの。でも、そのおかげで、私たちのある部分はとても弱くなっているんだって。だから、体が何かを……そうね、何かを……敏感に感じとって凄く怖い夢を見るんだろうって」

そのときの私は、護られているとなぜ弱くなるのか、いったい何を感じてあの夢を見たのかがよくわからなかった。

だが、時を経た今ならよく理解できる。過酷な生を強いられた生き物に比べて、怠惰で平和な日々に浸り続けた生き物が弱くなるのは当然のことだ。そして弱い私たちがあの当時、無意識のうちに感じていた脅威の正体はスティーブンだった。もちろん彼は善良で何一つ悪さをしない。でもスティーブンの言動にある冷徹な合理性は、彼の民族が経験してきた過酷な生存競争――戦乱や疫病などの大量死の歴史を感じさせた。私たちはそうしたものに不慣れで、それ故に敏感だった。


そして一ヶ月が過ぎ、祭りの日となった。

この日、私と姉は正装をした。ブーゲンビリアの冠に、鸚鵡と孔雀《くじやく》の羽根で作ったマントを羽織って、みなに見送られて森の中へと入っていった。

聖域に入ると、紫焔樹はいっぱいに実をつけていた。

赤い実は、人々の心を繋げ、また人々と島の精霊とを結び、人の病を癒《いや》し、長寿を約束する。

白い実は、精霊の食べ物、古の神との約束により、決して人間は食べてはならない。枝からぶら下がる果実は、割合でいえば九割が赤だった。

私たちは台に乗って、籠いっぱいに紫焔樹の果実を収穫する。地面に落ちているものも拾う。

島中の人間に分配する量はとれないから、今年は集落の西側の人、来年は中央の人、というように実をもらえる人は決まっている。

普通の村人なら、実を口にするのは三年に一度ぐらいになる。

樹の陰からトイトイ様が現れた。

一ヶ月のうちに私は、真っ黒な竜巻の夢のことはすっかり忘れてしまっていた。

「お祭りだな」

トイトイ様は私たちの様子を見てぼそりと呟いた。

「二人とも綺麗《きれい》なものじゃないか」

私はトイトイ様の頭に花の冠を載せた。

「トイトイ様もね」

「赤の果実、いつかの漂着者も食べるわ、私たちの一員になるの」

姉がいった。

トイトイ様は、ぐずり、と鼻を鳴らすと興味なさそうに、のんびりとした足取りで奥へと消えていった。

私たちは果実でいっぱいになった重い籠を背負って、集落へ戻る道にでた。

わあっと人々に出迎えられた。

みな祭りの仮面をつけている。

果実が入った籠を渡すと、私たちの役目は終わりだ。男たちが担ぐ神輿《みこし》に乗せられて、集落に向かう。

私は高揚感からずっと笑っていた。

島中の人々が集まってきている。普段は島の外れにいる人たちの顔もある。一年で一番賑《にぎ》やかな日かもしれない。

太鼓が鳴り、角笛がぼおんと空気を震わせている。コボロ鳥や、貝や、魚や、豚が焼かれておいしそうな匂いを発している。

ココナッツの殻で作った杯に酒が注《つ》がれる。

籠いっぱいの紫焔樹の果実は、いくつにも切られ、その年に割り当てられた人々に一切れずつ分配される。

スティーブンが酋長から酒を注いでもらい、紫焔樹の果実を口にすると、大きな喝采《かっさい》が起こった。

酋長は宣言した。

「今、未知なる遠方より来た彼は、我らが紫焔樹の枝の下に入った。今宵《こよい》より、遥か未来まで、異国の賢者を、我らが一員と認める。彼の子は我らが子に等しきもの、彼の命は、我らが血族の命に等しきもの」

さらに大きな喝采が起こった。

祭りの酒宴が終わって数日が過ぎた頃、スティーブンは私に「いろいろなことがよくわかってきた」といった。

「そうでしょう？　紫焔樹の果実を食べるまでのあなたが、コボロ鳥並みにものをわかっていなかったってことがわかった？」と私は答えた。

果実を食べればわかるのだ。何がわかるのか、といわれてもわかっていない人間には上手く説明ができない。

果実を食べれば、紫焔樹の加護を受ける。

何か視界が開けたような穏やかな気持ちになる。

食べるためにコボロ鳥を飼育する必要のないことや、この島のあちこちに魔法が働いていることや、同じ食物ばかりをとりすぎてはいけないことや、ただ自分が得をすればいいという考えでは、結局一番損をするようにできていることがわかる。

そして一年が過ぎた。

スティーブンは相変わらずいろいろなものを作り続けた。島中の人間が、彼が何をするのか注目するようになった。ポッピという名の島の娘がスティーブンの子供をみごもった。みなスティーブンとポッピの二人の子供が生まれるのを楽しみにしていた。

一度、トーレからの船団がやってきて、三週間ほど島に滞在してから帰っていった。トーレの民は、数年に一度、土産物をどっさりと持ってやってくるのだ。西瓜などはその昔トーレから種が持ち込まれたと聞いている。私たちはトーレの客人がくると精一杯もてなした。トーレの客人たちは、常にどこかおっかなびっくりといった目で私たちを見て、必要以上に敬いの姿勢を見せた。

——私たちの島では、あなたたちの島は辺境に浮かぶ、神の島、幻の島と呼ばれているんですよ。なんでも不思議な力を持っている島民がたくさんいて、精霊と交流されておるとか……。私たちはここに到着できて光栄です。実際、目指しても辿りつけなかったものが本当に多くて、存在しないのではないか、とか、辿りつくとあまりにも良いところなので戻ってくるのを忘れてしまうとかいわれているんですよ。

トーレからやってきたものたちの目的は様々だった。幻の島に到着することだけを目的にしてきたものや、彼らの故郷で不漁が続いていることに関しての助言を求めにきたものもいた。百キロ離れてほとんど交流もない島の、不漁の原因などわかるはずもなかったが、私たちはせっかくきたのだからと精一杯考えて答えを出した。嫁が欲しいというものもいたが、島の女は島から出るのを嫌がったので嫁に行ったものはいなかった。婿ならばいつでも受け入れたが、十年に一人ぐらいの割合だった。

彼らはみな滞在中に一度は樹についての質問をした。

——ところでまあ、噂や伝説の類《たぐい》の話かもしれませんが。この島には……なんですかな、他のどこにもない生命の樹が生えているとか。その樹の実を食べれば不老不死になるとか。まあ、ともかくずいぶん長寿の島だとも聞いています。百を超えている人もたくさんいるのでしょう？

酋長は、ばかばかしい、という顔をして答える。

——生命の樹な。そんなものはありゃせんよ。トーレの民にはいつも同じことをきかれるが、ただの伝説だよ。ぜひその実を持って、帰りたいというんだろ。そんな樹が本当にあるなら、こっちが教えて欲しいものだ。なんだってそんな話ができたんだ？　さあ、コボロ島の香草焼きでも食べなさい。村には百を超えているものも何人かいるが、行いが正しいのだろうよ。

私たちはみんなで浜辺に出て、出航したトーレの船団を見送った。

スティーブンはその気になれば、トーレに戻る船団に乗って、辺境から、もう少し栄えたところを目指して旅立つこともできたが、島に残ることを選択した。

「いいの？」私はきく。

「まあ、いきなりいわれてもね。ほら、ぼく漂流していたじゃない。ちょっと航海恐怖症なところがあるんだ」

スティーブンはぼんやりといった。

「帰ろうと思ったら帰れるんだってわかるとこれが、じゃあ別に今すぐ帰らなくても、となるんだね。それに、なんとなくだけど、ここにいないといけない気がするんだ」

「それはそうでしょう」と、彼の恋人のポッピがいった。「私がいるのに」

スティーブンがやってきてから二度目の紫焔樹の祭りがくる。私とスーは再び正装して、ジャングルの奥に果実をとりにいく。

みんなが笑っていた。

日々は豊かで、平和に、正しく流れていた。

祭りの日から数日した頃に、スティーブンが漂着したのと同じ浜に、六人の男が小船で上陸した。

上陸してきた六人は、トーレの人たちではなかった。遠い異国からきた肌の色の白い人たちだった。

5

彼らはスティーブンが乗ってきた船よりもずっと大きな白い船を湾の中に停泊させ、そこから小船で上陸した。

集落の人々は大いに混乱した。

上陸した異国人たちは、服や肌の色などの姿形からして間違いなく、スティーブンと同系の人種だった。

私たちはこれから何が起こるのか予測がつかないため、対応を決めかねていた。スティーブンが素敵《すてき》な人間だったから、同じ人種である彼らもまた同様に素敵な人間だと考えていいのだろうか？

島の民となったスティーブンだったが、仲間が大きな船でやってきたのだから、結局は彼らの船で海の向こうに去っていってしまうのではなかろうか？

酋長のもとに集落の有志が集まり、スティーブンも交えて会議が開かれた。

「奴らが良い人間であるかそうでないか、今は私にもわかりません。彼らが良くないタイプの人間である可能性は大いにあります」

スティーブンはいった。

「もちろん、私はあなたたちの味方です」

数時間の話し合いのうちに、次のように決定した。

彼らに水と食糧を与えてもてなす。もしも何かあってもできるだけ争わない。彼らが肩に担いでいる金属の筒、あるいは腰にぶら下げているものは、銃という名の人を簡単に殺せる危険な武器だとスティーブンは説明した。

接待役には島の若いものとスティーブンがあたる。

だがもしも彼らがいつまでもこの島にいるようだったら、そのときはまたどうすべきか考える。いつまでも客人としてもてなし続けるわけにはいかないからだ。万が一島に害を為《な》すような存在だとわかったときには殺す。

浜辺でコボロ鳥を焼いて食べている彼らのもとに、打ち合わせ通りにスティーブンと村の若者の一人が向かった。

私は高台から様子を見ていた。彼らは二人の姿を見ると、慌てて銃を向けた。スティーブンが故郷の言葉で何事かいうと、彼らは目を丸くして銃をおろした。

スティーブンは彼らと長いこと話し合っていた。彼らの言葉を流暢《りゆうちよう》に話すスティーブンは、島の人間から、異国の人の顔に戻っていた。

そして白人たちは集落に招かれた。彼らが身を休めるための家が一軒あけられ、水や果物が、彼らの前に置かれた。六人のうち一人は病気らしく、身を横たえたまま、ほとんど動かなかった。

スティーブンは最初に彼自身がいった通り私たちの味方だった。おそらくはかなり正直に彼らが何者なのかを私たちに報告した。彼らは下働きの船員だったが、船の中で内部分裂があり、反乱を起こして船長以下数名を殺して海に捨てたのだという。その後船は漂流して、自分たちがどこにいるかわからぬままいくつかの島を経由してここに辿りついた。

病気らしい一人は寝たままだった。残った五人の男は下卑た笑みを浮かべて、島の女を抱き寄せた。これみよがしに西瓜を的にして銃を発砲した。銃声は轟《とどろ》き、西瓜は破裂した。みなひどく驚き、老人の中には恐怖で泣きだすものもいた。彼らは暴力こそが、己の要求を相手に呑ませるもっとも効果的な手段だと考えていた。殺さなくてもよいオオトカゲに面白半分に銃を向け、発砲し、殺した。あたりまえのように、誰かがとってきた果実を横取りして食べ、ゴミを散乱させた。誰にも礼をいわず、いつも五人で群れてかたまり、威張って歩いた。「おまえたちは俺たちの奴隷なんだ」彼らはいった。「俺たちがきたからには、俺たちはここの王となる」

やがて彼らは、口の軽い集落の子供から、紫焔樹のことを耳にした。カタコトの外国語と、ジェスチャー交じりの会話が為された。以下のような内容だ。

口の軽い子供はいう。

——お祭りのとき食べる実を食べればね、どんな病気だって治るんだよ。島の人間じゃなきゃ食べられないけどね。ぼく、おじさんたちがくる少し前に食べたんだ。

——なんだそれは？　俺の友達も起き上がれるようになるかな？

——なるよ、なるに決まっている。すごい果実だもん。果実ってのは、ほら、パパイアやマンゴーみたいなもので、食べれば病気が治るんだよ。だってソリカおじさんの右足が悪かったのだって、ポルピピの病気だって全部治ったんだもの。

——そいつをくれよ。どこにあるんだ？

——おじさんたちは食べられないよ。島の人間しか食べられないいんだ。

——それはもうわかった。で、どこにあるんだ？

——わからない。スーとユナが知っているよ。スーとユナしか行けないところに立っている樹木の実なんだ。大きな神様が護っているんだ。

——そいつはまた御伽噺《おとぎばなし》だ。


彼らは酋長の前に進み出ると、紫焔樹の生えているところに行きたいといった。得意気に秘密を話した島の子供は、彼らの一人に肩を摑《つか》まれて、わあわあ泣きながら立っていた。みなその子供に軽蔑《けいべつ》の視線を送った。

「その果実に効果があるかわからんが、ぜひ試したい。こちらは仲間の命がかかっているんだ。見殺しにはできない。スーとユナとやらに案内してもらいたい」

スティーブンは無表情に通訳する。

「そんな樹はない。子供がでたらめをいっただけだ」

酋長は説明したが、荒くれ男たちはきかなかった。興奮気味に一人がいった。

「実はな、トーレのほうでも同じような話を聞いたんだ。あそこも未開だが、ここよりは開けている。コラ島には港もあるしな。この先にある神の島には不老長寿の実があるってよ。その証拠に、神の島の民から二百年前に土産にもらった鸚鵡がまだ生きているとかな。まさかと思っていたが、そこがこの島だったというわけだ」

業を煮やした一人が、酋長の脇にいた女の足元に向けて発砲した。破裂音が響き、女の足元の板が跳ねた。

「連れていきます」

スーが割り込むように前にでた。私も慌てて隣に立つ。火薬の臭いが漂っている。私たちを見てスティーブンの顔色がさっと曇った。

「大丈夫よ」

スーは余裕の微笑をスティーブンに見せてから、私に同意を求めた。

「ねえ？」

私も頷く。姉の微笑みの意味を私は理解していた。

姉が酋長を見ると、酋長は頷いた。


紫焔樹のところに行く外国人は四人だった。残った二人のうち一人は相変わらず小屋で寝たきりのままで、もう一人はそのそばで留守番をすることになった。

スーと私が前を歩き、四人が後ろからついてくる。

強い風に樹木が揺れる日だった。彼らは最初私たちの背中に銃を突きつけていたが、やがて丸腰の娘と子供には必要ないと思ったのか銃をおろした。

一匹の虻《あぶ》がぶんぶんと飛びまわる。碧《あお》い斑紋《はんもん》のある蝶がひらひらと舞っている。風が吹きぬけるたびに、森はごうと揺れ、光があちこちからこぼれる。野蛮な外国人が後ろにいなければ気分のいい日だ。私の頭の中の輝く場所がどんどん大きくなっていく。やがてこの世界と、私の頭の中の輝く場所が溶け合い、一つになる。

私たちの後をついて、紫焔樹の聖域にいくことは普通ならできない。できないからこそ私たちは特別な存在なのだが――実のところ私たちが案内しようという意志を持てば、相手を私たちの世界に引き込むことができる。もちろん紫焔樹のところに連れていったりはしない。

私たちは歩く。

外国人の一人が騒ぎ始めた。

彼はジャングルに銃を向けた。

樹木と樹木の間から真っ白な顔が覗《のぞ》いている。白い顔は人間とも、そうでないともいえない。どんどん数が増える。

銃声が轟く。銃声にあわせて真っ白い顔はけたたましく笑い、鷺《さぎ》になって空へと飛び立つ。

私たちは彼らを連れていく。

道は消え、野原の草が全部蛇になる。

あたりはどんどん暗くなる。

日暮れまで歩き続け、夜明けまで歩き続け、日付がわからなくなるまで歩き続けてもまだ到着しない。

外国人が私たちに銃を向けて何事かわめく。

私たちは鳩の鳴き真似をしてみせる。

私はそこにいて、そこにいない。男が私に触ると、私の体中から棘《とげ》がでる。男は手を押さえて蹲《うずくま》る。

ぐるりと天地が逆さまになる。落ちる、落ちる、空に落ちると彼らはわめく。必死に地面にしがみつく。またぐるりと天地が戻る。

島で死んだ私たちの祖先があちこちから集まってくる。数千人もいて、私たちをとり囲む。彼らはみな豚だったり、鹿だったり、山羊《やぎ》だったり、コボロ鳥だったり、虻の大群であったり、骸骨だったり、様々な姿をしている。

「この女たちは化け物だ。殺される、殺される、殺される！」

彼らの一人がそう叫んだのは、通訳なしでもわかった。

私たちの祖先は、震えあがった四人を囲んでとり押さえると、崖の上に連れていく。

私とスーは手を繋いで先頭を歩く。

崖の上の大きな野原に出ると海が見える。トイトイ様が水平線の向こうからやってくる。

今日のトイトイ様は大きい。雲の上に頭が突き出している。小さな島など一跨《ひとまた》ぎできるほどの大きさで、きっと体重は鯨の五千倍もある。一足踏むごとに、椰子《やし》の樹よりもずっと高い水しぶきがあがる。地面が揺れる。

巨大すぎる毛むくじゃらの体が太陽を隠し、周囲が暗くなる。外国人たちは恐怖でひれ伏したまま動かない。

トイトイ様は、一人ずつ指でつまんで、ひょいひょいと投げた。

芭蕉の葉をかきわけて、集落への道に出ると、スーが疲れた顔で私を見た。

終わったね、もう戻ろう。

私は頷く。

森を歩く私たちを殺すことのできるものなどいないのだ。男たちの死体は、翌日に崖の下に転がっているのが発見された。

私とスーが集落に戻ると、若者たちが首のあたりが血塗《ちまみ》れになった死体を引き摺《ず》っているところだった。

留守番をしていた男の死体だった。私たちが出かけてからすぐに、スティーブンが騙《だま》して銃を奪い、後は集落の若いものが、あっというまにとり押さえて首を抉《えぐ》ったという。

こうして暴漢の一味は片付いた。残るは病気のために小屋で臥している一人だけとなった。

最初から衰弱してほとんど寝たきりだったこの男はどうするべきなのだろう？

咳《せき》をする音が聞こえてくる。

彼は今のところ無害だ。だが、回復する前に殺してしまうのが、一番後腐れがないような気がした。この男は元気になったら仲間を殺されたことを知るだろう。そうしたらこの島に馴染むとは思えないし、さあ復讐《ふくしゅう》だと暴れだす可能性がある。

かわいそうだとは思うけれど、毒か何かを呑ませて殺したほうがいい。でも自分の口から殺そうといいだすのが怖くて、私は黙っていた。他の村人たちがじっと黙っているのも私と同じ気持ちだったのかもしれない。

「殺さなくてもいいんじゃないかな」

全員がスティーブンを見た。

「回復して歩けるようになっても、一人だし、武器もないから、大人しいと思う。この男は最初から寝たきりだったわけで悪さをしたわけではないし、殺そうと思えばいつでも殺せる。いつか、生かしておいて良かったと思うときがくるかもしれない」

スティーブンがそういうと、私は彼の判断こそが全面的に正しいと思った。彼の言葉の立派さに感嘆のため息をつくものもいた。

酋長が、〈自分も最初からその意見である〉というように大きく頷いた。

「その通り、スティーブンのいう通り殺すことはない。罪なきものを殺すのは我らの流儀ではない。彼が何者か見届ける時間を持とうではないか」

私たちは彼らが湾内に停泊させていた船から積み荷を持ち出し、戦利品とした。銃や弾薬、酒や煙草や香辛料、ナイフや装飾品といったものがあった。とりあえず船はそのまま浮かべておいた。私たちにとってよくわからないものでも、スティーブンが使い方を知っていた。

結局、寝たきりの男が何者であったかを、私たちが見届けることはなかった。寝たきりの男は、暴漢を退治した二日後に息をひきとった。

全身に発疹《ほっしん》ができていて、高熱の末の衰弱死だった。仕方がなかった。

ほぼ同時に、別の家で具合が悪くなって家に引きこもっていた女が死んだ。同じく全身に発疹ができて、呼吸が苦しくなり、熱に浮かされて死んだのだ。外国人たちの料理を運ぶ役をしていた女だった。

続けて、スティーブンと一緒に外国人の接待役をしていた若者が同様の症状で死んだ。

6

ばたばたと人が死に始めた。

女が集落の入り口にぼんやりと立っている。彼女は自分の腕を眺めていた。つい数日前まで元気に笑っていた友人が、恋人が、家族が、順番に全て死んでしまったのだ。集落は混乱していて、死体はそのままだった。声をかけても彼女は答えなかった。気持ちが整理できず、自分がどう行動すべきかわからないのだ。私がそっと近寄ると、その腕には例の発疹が浮いていた。

恐るべき速度で、村人たちが倒れていく。

スティーブンは感染者とそうでないものとが離れて暮らすことを主張したが、私たちは井戸も畑も共有して、みな家族同様の暮らしをしていたし、簡単に実行には移せなかった。そもそも目の前に死にかけた息子がいるのに、それをほったらかしにして集落を出て行く親がいるだろうか？　集落の外にはまともな家もない。

原始的で偏った見方をせず、公平かつ科学的に見れば、大量死に意味はない。外国人たちはウイルスを持って上陸し、何の免疫もない私たちがばたばたと死んだというだけで、それは外国人の善悪とも、私たちの行いの善悪とも何の関係もないことだった。でも私たちは原始的な世界観の持ち主だった。当時はそのタイミングからして、みんなが疫病は「悪霊の仕業」「外国人の呪い」と認識した。私たちが殺した外国人が、悪霊となり、伝染病という形で集落に害を為しているのだ、と。

五歳の子供が死に、その母親が死に、その子の兄弟が死に、父親が死に、一族が消滅する。

どこにもやり場のない怒りと、滅びの恐怖が広がっていく。

「あたしゃあね、最初から外国人を殺すのには反対だったんだ。よくないことが起こるに決まっていると思ったよ。外国人殺しに手を貸した奴を、悪霊に生贄《いけにえ》として捧《ささ》げれば、悪霊の怒りは鎮まるんじゃないか」と、家族の全てを病で失ったおばさんが目に涙をためて主張した。

「全部、スティーブンが悪いのだ」と主張するものもいた。

「彼は悪霊の国からやってきた男で、彼を迎え入れたから暴漢たちもここに引き寄せられてきたのだ」

「そうだ。あの外国人は確かに、これまで続いてきた島の〝何か〟を乱した。災いはそのせいだ」

芭蕉の葉をかき分け、聖域へと走りこむ。

紫焔樹は碧い葉を茂らせている。

枝葉の隙間から金色の光の筋が何条も差している。

私はほんの一瞬姉の姿を見た。

——お姉ちゃん。

姉はくるりと身を翻し、すっと太い幹の陰に姿を隠した。

その昔、かくれんぼをしたときのことを思いだしながら、私は樹木の後ろにまわる。

そこには誰もいない。私は幹をぐるぐるとまわった。姉は消えてしまった。

トイトイ様がのっそりと現れた。

「お姉ちゃんは」

「スーはもう行ってしまった」トイトイ様は静かにいった。

私はそれでも、姉が私を驚かせようとどこかの茂みから顔をだすのではないかとあたりを見回した。

姉の死は呆気《あっけ》なかった。体から発疹が生じ、体に力の入らなくなった姉は、夜明け前に密《ひそ》かに集落の外に呼び出され、こん棒で殴り殺された。そうすれば悪霊を鎮められると信じた村人がやったのだ。犯人が誰と誰でといったことは目星もついたが、どうでもいい。その犯人たちもまた三日とせぬうちに病で死んだ。スティーブンはどこかに姿を消していた。殺されたのかもしれなかった。彼の子供を身ごもっていたポッピも、感染しておなかの子供と一緒に死んでしまっていた。

私は姉の死体を背負って、岩山を登った。

島の中央の岩山は、一部が墓になっていた。

酋長や、代々の果樹の巫女は死ぬとそこに祀《まつ》られるのだ。

雨をいっぱいにためた雲が流れていく。雲間から太陽が顔をだし強烈な光を放つ。姉は重かった。私は汗だくになり、何度も休憩した。それでも苦労のかいあって、日が暮れる前に、私は姉を岩と岩の窪《くぼ》みに横たえた。

ぎゃあぎゃあと、猛禽《もうきん》が上空を旋回している。

すぐに鳥が啄《ついば》みにくるだろう。やがて姉は形を失う。無論それが自然というものだが、その様を想像したくない。私は道を引き返した。

矢を射かけられた。矢は私の背後の木の幹に刺さった。矢を射た男は、引きつった笑いを浮かべて声を震わせた。

「トイトイ様を呼んで、助けてもらうようにいえ！　トイトイ様を呼んで、俺の家族を生き返らせろ！」

水場の近くでは幼馴染みの青年にあった。

かつて仲良く遊ぶこともあった青年……その昔にはほんの少し恋心を抱いたこともあった青年が、私の顔面に斧《おの》を振り下ろした。私はそれをすんでのところでかわした。青年は充血した目で私を睨《にら》んだ。青年の体のあちこちに発疹ができていた。

「あ、あ、悪霊の呪いを鎮めよ」

私が走って逃げると、青年はその場に膝をついて泣きじゃくり始めた。


聖域に仰向《あおむ》けに寝転がった。

ここなら誰も来ない。

私はじっと幼い日の幸福を思い出しながら空の青いところを眺める。

頭がぼんやりとしてくる。死ぬのだと思った。殺されるのはごめんだったが、みなが死んだのと同じ病気で死ぬのなら諦《あきら》めるよりほかはなかった。

私は想像する。いつか誰かがこの島にやってきたとき、そこにあるのは滅びて緑の中に消えた集落の跡だけだろう。でもそれはそれでいいような気もする。

日が暮れて空が紺色になる。

私は空腹をおぼえた。紫焔樹の赤い果実が一つ、地面に落ちているのを見つけた。祭りのときにとりこぼしたやつだ。拾い上げて齧《かじ》りつく。甘酸っぱい。他の果物のどれにも似ていない不思議な味だ。

紫焔樹の果実は、祭りのときに一切れ食べるだけで、まるごと一つ食べることなどなかった。物心ついた頃から、食べ過ぎてはいけないものだと教わってきた。だが今、これしか食べるものがない。

貴重な果実といわれ続けてきたけれども、実際、価値があるのだろうか？　集落に長寿の人間はいても、不老の者など一人もいなかったし、万病に効くなら伝染病でも死なないはずだが、実際には人々は伝染病のみならず他の病気でも簡単に死んだ。

だが、まるごと一つ食べると、やはりこの果実は特別なものなのだと実感した。はっきりと体に力が戻ってくる。体のあちこちにある悪いもやもやしたものが、溶けるように消えていく。腕を見ると発疹はない。私はただ衰弱していただけで、感染していない。それがわかっても嬉《うれ》しくも哀しくもない。

寒くなったので、小屋に向かった。枯れ草の中に体をうずめた。寒さは体に染みついているようでとれなかった。私は震え続けた。眠れぬ夜は恐ろしく長かった。一度泣き始めると、涙がとまらなかった。

やがて空が明るくなる。腹が減ったので、再び地面を探った。また一つ、収穫のときにとりこぼした小さな紫焔樹の赤い果実を見つけて口にした。それだけでは満腹にはならない。目の端に、白い果実が見えた。決して食べてはいけない禁断の実。

私はぼんやりと白い果実を手にとって眺めたが、急に恐怖をおぼえて投げ捨てた。

空腹を満たすことだけを考え、あたりに生えている草花のうち、食べられそうなものを摘んで食べた。

雨がざあっと降ってきた。私は小屋に戻り、じっと雨を眺めた。肌を見たがやはり発疹はでていない。

雨が上がると、あたりには靄《もや》がでた。トイトイ様がぬっと姿を現した。

「みんなを生き返らせて」

私はトイトイ様に頼んだ。だがトイトイ様にそんな力がないことも知っていた。

トイトイ様は紫の目で私の姿を確認してからゆっくりと背を向けた。

行かないで、と私は懇願する。

トイトイ様は歩みを止めると、振り返った。

「ずっと昔、津波で村全部が滅びるとして、一人だけ生かすなら誰かときいたろう」

トイトイ様は続ける。

「あれは馬鹿な問いかけだった」

確かに馬鹿な問いかけだ。

残したからなんだというのか？　誰も感謝などしない。誰が生き残ろうと、生き残ったものとていずれは死ぬのだ。絶望で後を追うように自殺する可能性も高い。

今にして、私はなぜ自分一人が感染しなかったのかわからない。どことも知れぬ異国から漂着し、スティーブンとは正反対に島に馴染むことなく死んだという祖父。顔も知らぬその祖父から免疫を受け継いでいたのだろうか。島が最後の一人として私を選んだのか、たまたま感染しなかっただけで、偶然以外の理由などないのか。こんなことも考えた。いつぞやの「津波の質問」は私だけがされたのだろうか？　同じ質問をトイトイ様は姉にしたのではないか？　そうだとすれば姉はなんと答えた？

「ユナ。おまえたちは美しい花だった。わしはスーもおまえも好きだったよ。たまたま運が悪かったのだ」

よくおぼえていないのだ。

記憶の中の私は、地面に座り込み、白い果実をまじまじと眺めている。果実の表皮はすべすべとしている。

白い果実には匂いはなかった。石にも、卵にも見えた。

夕暮れの光がそれに反射すると、それは赤い果実に見えないこともなかった。

食べたのだろうか？

味も、食感も記憶にない。でも、きっと私は食べたのだろう。

白い果実のタブーを私は七割信じていた。残りの三割は〈欲張りすぎてはいけない〉というただの教訓話ではないのかと密かに思っていた。人間はたくさんいるが、果実は少ししかない。欲張る心は争いを生む。けれども集落はもう壊滅した。もうこの島に、私しかいないのなら――そこには欲張るとか欲張らないとかいったものは存在しないのではないだろうか。

私は白い果実を撫でる。

なぜ食べてはいけないのだろう？　もう一度私は考える。

毒である可能性もある。だが、この白い果実が特に素晴らしい効果をもたらすから秘密にされてきた、ということもありえる。どんな可能性だってある。何しろ、禁じたのは神で、食べたものは今のところただの一人もいないのだから。

私は果実を口元に持っていく。

稲妻のようなものが脳内を駆け巡り、頭の中の輝く部分が、爆発したように輝いた。全身がびりびりと震えた。

樹木が波のようにうねうねと動いた。

何百万年もの時が流れたように感じた。紫焔樹の幹にもたれたトイトイ様が哀しげな目で私を見ている。もしかしたらトイトイ様は、スティーブンが漂着したときから、今のこの瞬間、私が白い果実を口にして、一つの時代が終了するこの瞬間までの全てを予測していたのかもしれない。

お別れのときだ、とトイトイ様の眼差《まなざ》しは語っていた。


私は聖域の外に倒れていた。

体中に落ち葉が積もっていた。

身を起こす。体の節々がボキボキと音をたてた。

鳥が囀《さえず》っている。島は一見平穏に見えた。私は今までの全てが悪い夢で、何もかもが元通りになっていたらどんなに素敵だろうと思いながら道を歩いた。

だが集落は空っぽだった。集落のそこら中に、骨や、骨になりつつある死体が転がっていた。

おおい、と私は叫んだ。おおい。

返事はなかった。

頭の中の輝く場所を探してみたが、そんなものはどこにもなくなっていた。私は資格を剝奪《はくだつ》されていた。


浜辺をふらふらと歩いていると、例の台車を使って荷物を運んでいるスティーブンがいた。スティーブンは驚愕《きょうがく》の表情を浮かべた。

「ユナ、生きていたのか？」

私は彼の声を聞くと、膝から力が抜けて座り込んだ。

「よく、生きていた」

彼は涙をぼろぼろと流し、私を抱きしめた。

私もまた泣きだし、私たちは二人で泣いた。

スティーブンはこのまま島にいれば島民に殺されることを確信して、真夜中に小船で島から逃れていた。二十日間、近くの無人島で暮らし、戻ってくるともう集落に生きている人間はいなかったのだそうだ。

彼は島を出て行く準備をしていた。かつて酋長に献上した、双眼鏡やナイフなどの必要なものをとり戻し、暴漢たちが乗ってきた大きな船に積める限りの水と食糧を積んでいた。

私がスーの死体を島の一番高いところに移動させたことを教えると、彼は浜辺から岩山を見上げ、何度も頷いた。

彼は私の肩に手を置いた。

「この船で一緒に行こう」

トーレ環礁までの長い船旅が始まった。

出立の日、空は雲一つなかった。私は次第に遠ざかる島影を眺めた。

島の中央の岩山は、白く光り輝いている。

あそこにはスーがいる。どこかの樹木の茂みから、トイトイ様が私を見ている。島中のみんなが私の出立を見守っているのを感じる。

ぐんぐんと岸が遠ざかっていく。

しばらくすると見渡す全てが水平線になった。

十字路のピンクの廟

1

ヴェルレーヌの手記

ポートフェア（以下フェアと記述）はトロンバス島でも特に発展している。大きな市場があるし、ポートの名の通り港町だ。

たいがいの観光客はフェリーの発着場のあるフェアから、南へ向かう。南にはダイビングのポイントやリゾートがある。岩山地帯を見に行くのもいったん南に向かってラマヌファの町から内陸へ向かうルートが一般的だ。ずっと南には、かつて海賊で賑《にぎ》わっていたというセントマリー岬。

フェアから幹線道路を北へ向かうと、車窓からはサトウキビ畑の田園風景が見える。このあたりではラム酒を造っている。ラムはサトウキビの糖蜜《とうみつ》から造る。どの家の棚にも、ラム酒にフルーツやハーブを漬けた自家製のお酒がある。

その年の八月、トロンバス島を訪れた私はフェアから北に四十キロほど離れた小さな町ティアムで、妙なものを見つけた。

町の十字路に、鳥小屋ほどのサイズの小さな廟《びょう》がたっているのである。廟全体がピンク色に塗られていて目をひいた。ペンキはさほど古くない。

私が見ていると、自転車で通りかかった地元の若い女の子がこの廟に投げキッスをした。

彼女は私の視線に気がつくと恥ずかしそうに目を逸《そ》らして通り過ぎていった。

廟の中を覗《のぞ》いてみると、ご神体が一柱納められている。ペンキで彩色され、顔が描かれた木彫りの像だ。

土地の風習といえばそれまでだが、いったいこれはなんなのだろう？

私には旅先で珍しいものを見つけると、つい調べてしまう性分がある。住民への聞き込みを開始した。

ガソリンスタンドの男

ああ、あの十字路の廟ね。よく知らないね。最近できたんだよ。できたのは二年か、三年ぐらい前かな。なんでも縁結びの効果があるとか。十字路だから交通安全もあるかね？

なはは、あるかね？　なんて俺があんたにきいても駄目だよな。あんたが知っていたら怖いし。

そうか、あんた作家さんか。あんなもの特に取材するようなものに見えないけどねえ。雑誌かなんかに載るの？

神様の名前？

知らないね。名前なんかあるのかな。あんたが勝手につけちゃえば？　なんてね。ダメダメそんなことしたら祟《たた》られちゃうよ。

そういえば誰かがいっていたけど、あの廟はなんでも小学校の先生が造ったんだってよ。なんだったら小学校できいてみたらいい。

雑貨屋のおばさん

そんでもう廟の中は見たの？

あの廟の中の神様は、あたし前に見たことがあるよ。ジュノアさんの畑に空から降ってきたやつだよ。

五年ぐらい前にとんでもなくひどい嵐があってね、屋根が飛んだり、道が水没したり大変だったんだ。あたしの家は大丈夫だったけど、従兄弟《いとこ》の家なんか、一階が全部水びたしになったんだから。

ジュノアさんの奥さんがね、嵐が去った後に畑に出たら、あれが土に突き刺さっているのを見つけたんだ。

そう。あんた島のものじゃないだろう。ああいう木像自体は、実はそんなに珍しくはないんだよ。丸太を適当に彫って、ペンキで顔や模様を描いたようなやつだったろ。あたしらはね、お墓にああいうのを入れることがあるんだよ。キリスト教の人はやらないけどね。まああれのもともとの正体は、たぶん誰かのお墓の中にあったやつだと思うよ。

それが畑に突き刺さっていたわけ。

これは変な話だよ。嵐のときの風はたいがい海から吹く。ジュノアさんの畑は海辺の少し小高いところなんだ。風向きや地形を考えると、木像は海を渡って飛んできたとしか思えないんだよ。

あたしはちょうどそのとき用事があってジュノアさんの家を訪れていて、木像を見せてもらったんだ。用事？　あたしとジュノアさんの奥さんは町のケーキ同好会に入っているのさ。その打ち合わせだよ。

話を戻すけど、あんな重いものが、空を飛んでくるものかねえってみんな不思議がっていた。まあでも竜巻の威力なんか凄《すご》いからね。ありえないことじゃないけどね。

あの木像は、その後どこかにいってしまった。たぶんジュノアさんが気味悪いからといって森にでも捨てたのかもしれないけど。それきり話題にもならなかったね。

あの廟を覗いたときにはびっくりしたよ。

あれまあ、どういうことかしらって。

そりゃあ同じだという確証はないよ。昔ちらりと見ただけだからね。よく似た木像なのかもしれないし。でもたぶんジュノアさんの畑に落ちたやつと同じものだと思うけどねえ。

なんでも小学校の近くで先生が見つけたんだと聞いたよ。その先生がユナさんに連絡をとって……ユナさんというのはここらじゃ名のしれた呪術師《じゅじゅつし》だね。それであそこに祀《まつ》ることになったんだよ。

何か事件があったのかもね、ロブに関係あるとも聞いたけど。ロブは当時の小学校の児童さ。


町を歩いていた十代の女の子（ルリフォン）

えっあの十字路の廟ですか。

それはねえ……。

知っていますけど、いえないんです。モニカ先生と秘密にすると約束したから。

モニカ先生は、小学校の先生です。女の先生ですよ。

ロブ？　ああ、ロブね……。

だっからあ、いえないんですってえ。

あの、誰かから何か聞いても……あまり人に話さないでくださいね。話題にしないほうがいいことって世の中にあるでしょう。これはそういう類《たぐい》のことですから。

牛車に農作物を積んだおじさん

パパイア食う？

へえ、フランスから来たのか。こんな町つまらんだろう。フェアにはもう行ったの？

ああ、そうか、観光客だからフェアから来たわけか。そりゃあそこに港があるんだからそうだよな。

パパイアうまい？

そっか。良かった。

ピンクの廟？　ああ、あるね。

うん、あそこにゃ魔神が祀られているんだ。おっかないねえ。でも別にそんなの珍しくないだろう、ラマヌファのほうに行けばもっと大きな寺院もあるしさ。観光ならそっちに行ったほうがいいんでないの？　セントマリーとかさ。

そうそう、小学校で見つかったんだよな。魔神。

なに、ロブに用があるの？

ちょうどいい。そこをまっすぐ行って、大きな岩があるから曲がって奥のほうに建っている家の子だ。

ねえ、あんたラマヌファも行きなよ、絶対。

あそこの寺院は絵葉書にもなっているんだから。

あ、パパイアの皮はここに捨ててね。

2

ヴェルレーヌの手記〈ロブの墓参り1〉

ロブに会って話を聞いたのは、一連の聞き込みの中では最後のほうになる。私はロブの家を訪れ、本人から話を聞き、家族と夕食を共にし、勧められるままに家に宿泊までさせてもらった。彼らはとても親切で素敵《すてき》な一家だった。無駄な話も数多く交じっていたため、後でノートを見ながら、情報を選択してまとめるのに苦労した。

ここでは彼らから聞き取った話に私の想像力を少しばかり加え、小説風に記述してみようと思う。

以下は、木像が小学校の裏の丘で発見された前日に起こったことである。

その年の乾季の五月、ロブの家には親戚《しんせき》一同が訪れていた。七年に一度の墓参りのためだ。

この墓参りは七年に一度というだけはあってみんな仕事や学校を休んで集まる。全員が集まるのは三日間。そのうち重要なのはお墓に行くまんなかの一日だ。

ロブの家族は七人で、妹が二人、兄が一人いる。普段でも賑やかだったが、その年は五十人ほどがティアムに集まっていた。それだけ数が増えるとロブの家には入りきらない。ティアムの外に住んでいる親戚たちの多くは町宿に宿泊していた。

子供だけでも十人以上いて大騒ぎだった。

ロブは顔なじみの従兄弟たちと一緒にいたけれど、少し離れたところには、全然話したことのない別のグループもできていた。

ピックアップが三台に、お父さんが友達から借りてきたワゴンもいれて全部で四台。昼になる少し前にみんなで車に乗り込んだ。

「晴れて良かったねえ」

「ご先祖様が雲をどけてくれたんだよ」そんな会話が交わされる。

ピックアップの荷台にロブは乗った。

すぐになだらかな丘の中腹にぽつんと立つ一族の墓が見えてくる。

一族の墓は石造りで大きい。家を模した形をしていて、赤や黄色のペイントが施されている。

乾燥した空気の真っ青な空の下に佇《たたず》むそれは、遠目には本当に生きている誰かが住んでいる家か、何かのモニュメントのように見える。

荷台から飛び降りると、先に到着していた妹が、すっかり上機嫌で走り寄ってきた。

女性陣は、午前中から墓の周辺で宴の準備をしている。

「ねえ、今日はごちそうよ、ごちそう」

たくさんの鍋《なべ》が並んでいる。火にかけて湯気がたっている鍋もある。大勢でピクニックといった様相だ。耳の垂れた白黒の犬が走り回っている。


到着した男たちは、墓の扉を開いてご先祖様を外に出す作業にとりかかった。

大人たちの運ぶ純白の布が、ロブの前で風をはらみ、太陽光を反射して輝きを放った。

汚れた布に包まれたご先祖様が、二人がかりで運び出される。

いよいよ作業が始まったのが怖いのだろう、小さな子供たちがわあっと駆け出して距離を置いた。ロブが五歳のときにも同じ行事があったけれど、そのときは遺体を見なかった。十二歳にもなると怖がるのも恥ずかしい。ロブは傍《そば》で見ていることにした。

続けてもう一体。さらにもう一体。

三つ目を担いで出したとき、

「ロブ、これがお祖父《じい》ちゃんだよ」

とお父さんがいった。

お祖父ちゃんはロブが六歳のときまで一緒に暮らしていたからよくおぼえている。

「お祖父ちゃん、みんな集まりましたよ」お父さんは少しやさしい声で布袋に声をかけた。

ご先祖様は全部で二十七の布袋だった。古い布を捨て、新しい布に包みなおして地面に並べ、明日の朝までご先祖様と一緒に宴をする。そういう行事なのだ。

布袋が鋏《はさみ》で切り裂かれる。

中はどれも骨だった。頭蓋骨《とうがいこつ》、大腿骨《だいたいこつ》、肋骨《ろっこつ》。かつての夫婦が一緒の布袋に入れられて骨が交ざっていたりする。

お父さんはわかる限りのご先祖様の説明をした。

「隣の袋がね、お酒が好きで魚をとるのが上手だった叔父《おじ》さん、こちらが蛇に咬《か》まれて死んだボボのお兄さん。警官だったんだぞ。泥棒を捕まえようと庭に入ったら毒蛇に咬まれちゃったんだ。おまえも毒蛇には気をつけろよ」

人数が多いので作業にそれほど時間はかからない。

作業が終了すると、みなの表情が、後は楽しむだけだ、と安堵《あんど》で緩む。

テーブルの上にマッシュポテトや鶏肉を焼いた料理が大量に並んでいる。

「さあさあ、お昼ご飯できましたよ」

タイミングよく、女性陣からの声がかかった。

昼食後、古い布は一箇所に集められ火をつけられる。オレンジ色の炎が上がり、煙が空に昇る。

丘の上に月が上がった。

小さな焚《た》き火がいくつか散らばり、アコーディオンや太鼓が鳴り始めた。

真新しい布に包まれたご先祖様たちは丘に並んで、その周りを蠟燭《ろうそく》で囲まれている。一族は酒食を楽しみながら、近況を報告したり、新しい家族を紹介しあったりしている。ご先祖様にも報告することがあれば、布袋の前で報告する。

フェアに住んで観光ガイドをしている従兄《いとこ》のオルリーが、ロブのカップにラム酒を注《つ》いだ。

「ようよう、おまえ、でっかくなったなあ？」

二十一歳のオルリーのモミアゲは長く鉤形《かぎがた》になっている。

「飲めないよ」

「薄めろよ」オルリーはテーブルの果物籠《かご》からオレンジをとるとナイフで半分にした。「オレンジの果汁でさ」ぎゅっと握って果汁をぼたぼたとカップにたらす。

オルリーとカップを打ち合わせ、一口飲んだがやはりアルコールは十二歳のロブの口に馴染《なじ》まなかった。

「ご先祖様はこれで全部じゃないぜ」

オルリーはタオルで手を拭《ふ》きながら、蠟燭に囲まれて並んでいる二十七の布袋に目を向けた。

「他の人はどこにいるの？」

「そりゃあな、鮫《さめ》に食われちまって遺体がないのもいるし、カナダの森で行方不明になったのもいる。家族と喧嘩《けんか》して同じ墓には入らんと飛びだしたものもいるさ。墓はここだけじゃないからな。マダガスカル高地にもあるし」

オルリーは器用に片手で煙草を巻くと、マッチを擦った。

「この墓はけっこう新しいんだよ。といっても百年前からあるけどさ。昔の墓がどうなったか知ってるか？」

ロブが首を横に振ると、嵐で飛んでいっちまったんだよとオルリーはいった。

とんでもねえ大嵐がきて、根こそぎ持っていっちまったんだってよ。

虹《にじ》のかかったピンク色の雲の向こう側にな。

だから大昔のご先祖様は今でも空を旅しているんだ。

ほら、雷がごろごろって、ありゃあ俺たちのご先祖様が空で喧嘩しているのさ。

時々空からご先祖様が降ってくることがあるってよ。

「まさか」

「おまえ今度、フェアに遊びに来いよ」とオルリーは煙を吐きながら離れていった。

口に合わなかったが、せっかく作ってくれたのだ。コーラを混ぜてさらに薄めると、もう一口舐《な》めるように飲んだ。頬がぼうっと熱くなった。

ラム酒のせいかロブの頭はぼんやりする。

夜がひどく曖昧《あいまい》になっていく。ざわざわとみんなが喋《しゃべ》っている。一族の宴は、ずっと大昔から続いていていつまでも終わらないような気がしてくる。

――遠い未来、この丘で。ぼくはあの布袋の中にいる。今ここにいる人たちもみなあの布袋に包まれて、今ここにいない子孫たちに囲まれて共に宴をしている。

ふとそんなことを思い、なんともいえない不思議な気分になった。

3

アイスクリームを舐めていた東洋人の男の子（タカシ）

はい。出身は日本です。ぼくは数年前から、家庭の事情でこの島で暮らしています。

家庭の事情についてはきかないでください。

いろいろあるんですよ。

あ、あそこのピンクの廟ですか？

それはまた……。

いえいえ、詳しいことはわかりませんが三年前のことですね。

あれはロブに関係がある話だと思います。

ロブは友達――クラスメートです。小柄で陽気なヤツですよ。

親戚一同が集まるお墓参りがあるとかでロブが一日、学校を休んだときがあったんです。

その翌日の朝、バオバブ街道で――学校に行く途中の道ですけどね――、ぼくは蹲《うずくま》っているロブを見つけました。

「おはよう。お墓参りは終わったの」と声をかけたら、彼は泣きそうな顔を向けました。

「どうしたの？」と話を聞くと、昨晩、お墓のまわりで宴会をしたときに大変なことがあったというんですね。

「とにかく大変なんだって」

ロブの右手の甲には、二日前に会ったときにはなかった幾何学的な模様がありました。

「呪いなんだ」ロブはいいました。「ぼく、昨晩、呪われちゃったんだ、どうしよう」

「呪いって、何それ？」

「ぼく一週間後に死ぬんだ」ロブはぼそぼそといいました。

「死ぬわけないだろ。何の話？」

「これのせいなんだよ、わかんないの」

と、もう一度手の甲をぼくに向けました。

改めて見せてもらうと、手の甲の刺青《いれずみ》みたいなものは、とても不思議な感じがしました。電源の入っているテレビや冷蔵庫みたいな感じといえばわかるでしょうか。ぼうっと電磁波にも似た気配を放っているのです。

「うっわあ。やばそうだねそれ。どういうこと」

「やばいよ。魔神の徴《しるし》なんだよ」

それきりぼくたちは黙って学校に向かって歩きました。ロブは日本からこの島に来て日の浅いぼくに難しい話はできない、と思ったのかもしれません。深刻で暗い顔をしながらずんずんと無言で前を歩いていきます。

ロブは鞄《かばん》を持っていなかったのをおぼえています。

学校に到着すると、ぼくは教室に、ロブは職員室に行きました。ぼくは教室に一番乗りでしたから、その朝ロブが登校しているのを見た児童は、ぼく一人だけだと思います。

担任のモニカ先生はなかなか現れませんでした。ロブも姿を見せません。教室はずっとざわついていて、一時限目は先生が来ないまま終了しました。

二時限目になると、ようやくモニカ先生がやってきて、今日は女子と男子は別々に行動する、と命じました。女子にだけ特別に話がある、というのです。男子は校庭でサッカーをしなさい、と。

「けっ。女はみんな先生に怒られるんだぜ」

エドウ（エドウはクラスメートです）がいったのをおぼえています。エドウは何か知っていたのではなく、適当にいったのだと思いますけど。

ぼくは、「ロブはどうしたのだろう?」と内心気にしていましたが、黙っていました。

そんなわけでぼくたちは指示通りにサッカーを始めました。もっとも八人しかいないので、四人ずつに分かれてです。途中で暇そうにしていた町の人が交ざってきて、六対六になりましたけれどね。

女子は全部で何人いたかな……。九人か十人ほどでした。先生に連れられてそのまま学校のすぐ裏にある丘に向かったみたいです。

しばらくサッカーをしていると、女子の一人（リリーだったかな？）が、「みんな来て、変なものが現れたよ」と叫びました。

ぼくたちは、ぞろぞろと校舎の裏の丘へ行きました。そこでは、モニカ先生の周囲に女子が全員座っていました。ロブも先生の傍にいました。

彼らは何かを囲んで騒いでいました。

何事かと思って見ると、あの木像が輪の中心に転がっていたんです。

そうです。丸太にペンキで下手糞《へたくそ》な顔が描かれた薄汚れたやつです。真ん丸い目に、三日月形の口。トーテムポールみたいな。

変なものが現れたというから何か珍しい動物だろうと勝手に期待していたので、少しがっかりしました。

どうしたの？　とナミにきくと、（あ、ナミは日本人の女の子です。ぼく以外にも、日本人がいるんですよ）ナミは「あれが、急に現れたみたいよ」と木像を指していいました。泣いている女の子もいました。ナミはどこか他人事《ひとごと》のようでした。

全員教室に戻りなさい、と、モニカ先生が命じました。

それで終わりです。

後で十字路に廟を造って木像を祀ったのはモニカ先生です。

どうしてそんなことをしたのかわかりません。土地の風習か何かでしょうけど、このあたりに自分にはよくわからない話なんていくらでもありますから、気にもしませんけどね。

そういえば丘にいるロブは朝見たときとは別人、というぐらいに、すっかり元気になっていて手の甲の模様も消えていました。

ずっと後になって、ロブに当時のことをきいたことがありますが、話が上手く噛《か》み合わないので、それきり話題にしていません。

小学校の先生（モニカ）

あらまあ、あのピンクの廟の取材ですか？　ほほほ、そうです。私が造ったんですよ。恥ずかしいわ。ええ、ペンキ屋さんの子供が児童にいましてね、格安でペンキを譲ってくれたの。きっとピンクのペンキが余っていたのね。

校庭の裏の丘にね、児童たちと登ったら、児童の一人が、今、廟に祀られているあの中に祀ってある神様を見つけたときの話ね。

ご存じかもしれないですけど、ああいう木像はここらの土地ではお墓に入れるやつなんです。遺体のないご先祖様の代わりとか、小さい子供の代わりとかにね。

あれあれ、なんでこんなところに、こんなものがって驚きましたね。

そのまま放置していても良かったんです。ただあの木像を見ているとね、なんだか不《ふ》憫《びん》な気持ちになって。ほら、顔が描かれているでしょう？　見ようによっては、なんだかずいぶんしょげた表情なんですよ。お墓から遊びに出てきたけど、迷って帰れなくなってしまって、行き場所もない子供……そんな風に思えてきてねえ。

いったん拾ってしまうとね、捨てたり燃やしたりもできなくて。どこのお墓から出てきたものかもわからないから、持ち主に返すこともできないでしょう。考えた末に十字路に祀ることを思いついたんですよ。

呪術師のユナさんに相談してね。

木像のほうのペンキはユナさんと一緒に塗りなおしたのよ。

すみませんねえ、わざわざ学校まで来ていただいて、特に面白い話じゃなくてごめんなさいね。

なんですって、ロブ？

ああ、もちろん知っていますよ。

卒業生が、ロブとあの木像に関係があるといったんですか。いやまったくなんの関係もないと思いますが。それにしてもなんでまたロブが？　ふふふ、噂というのは本当に面白いわねえ。

4

ヴェルレーヌの手記〈ロブの墓参り2〉

墓参りの夜に、ロブは不思議な体験をしている。

オルリーがロブの傍を離れた後のことだ。

遠くに離れた焚き火のそばのテーブルで、大人たちがカードで遊んでいた。ロブはそのテーブルを見て、あれ、と思った。

中心にいるのは死んだお祖父ちゃんだった。

お祖父ちゃんは生きていたときとそっくり同じ様子で、テーブルについてカードを持っていた。お祖父ちゃんの肩に灰色の猿が乗っている。体長が三十センチに満たない小さなやつだ。誰かがあの人は死んでいるんだと教えなければ、誰も死者だとわからないぐらいに周囲に溶け込んでいた。

驚きはそれほどなかった。

お祖父ちゃんのテーブルに向かい、「こんばんは」と挨拶《あいさつ》した。

「おやおやおや、ロブじゃないか。なんだまだ寝ていないのか？」

「この子酔っ払ってないか」

同じテーブルについている顎鬚《あごひげ》の白いおじさんがいった。どこかで見覚えがあるような、ないような……今日集まった親戚連中にはいなかった顔だ。

そこでロブは思い当たった。もしかしたらこの人も死者なのかもしれない。大人たちの中に死者が交じっているのではなく、このテーブルについているのはみな死者なのではないか。

「ロブ、こっちは君の来るところじゃないよ」

お祖父ちゃんがいう。

お祖父ちゃんの肩の灰色の猿が口の端を歪《ゆが》めると、しわがれ声でいった。

「イヤイヤ、イマスグキタッテイインダヨ」

闇の中にいる誰かがげらげらと笑った。

「少年」

真っ白な四角い顔の、人間だか別のものだかよくわからないものがロブに話しかけた。普通人間の目はアーモンド形をしているものだが、そいつの目は満月のように丸かった。眉毛《まゆげ》はなく、鼻は二つの穴だ。

「素晴らしい日々を送っているか？」

お祖父ちゃんに目をやると、お祖父ちゃんはこくりと頷《うなず》いた。灰色の猿はテーブルにおりると、アーモンドをつまんでいった。

「マジンノシツモンニコタエヌカ」

「まあ、普通の日々です」

ロブの返答に魔神は不服そうな顔をした。

「ほう。普通、とは。素晴らしくないのかな？　せっかく生まれてきたのに？　まだ死んでもいないのに？　こんなにたくさん家族がいるのに？　今日食べるものも、明日食べるものもたくさんあるのに？　それが、それが……」

答えを間違ったか。

「それが普通だというのか！」

すっと場の空気が張り詰めた。

魔神の腕は太い。その気になれば自分の頭を握りつぶすことだってできそうだ。このテーブルは危険だ。戻らなくては。振り返ってはっとした。

他の焚き火がすぐ近くにいくつもあったはずなのに、後ろは闇だった。

空も地も、木の輪郭もない。塗りつぶした暗黒。

いや遥《はる》か彼方《かなた》にぽつんとオレンジ色の小さな光が見える。信じがたい遠さだ。いつの間にか、太鼓の音色も人の話し声もほとんど聞こえない。これでは助けを求めても届かない。

「素晴らしいです」

震えながらロブはいいなおした。

魔神はまた不服そうな顔をした。

「君は答えを変えるのか。真面目に答えていなかったのか？　人が話しかけているのに適当に答えるということは……つまり、私を侮っていると判断していいのかな？　まさかねえ？　せっかくこの私が君と腹を割った話をしようというのに、君のほうは腹の底でせせら笑いながら、こんな四角い野郎の質問などどうでもいいのさ、とそう思っているのかね？　私はね、侮られるのが一番嫌いなんだ。たとえ子供でも容赦はしないよ。逃げられると思うか？　この島に私から逃げられるところなどないよ」

粘着質な魔神が話すたびに口元から青い炎がちらちらと漏れた。魔神は冷えた怒りの表情で前に乗り出す。火山は爆発する寸前、それをぎりぎりなんとか抑えている。ロブは竦《すく》みあがった。

「まあいい少年。素晴らしいのだな？　では素晴らしい人生とは何かね？　何があると素晴らしいのだね」

「わかりません」

思考は真っ白で、ただ恐怖で涙が零《こぼ》れた。

「わからないのに」

素晴らしいなどといったのか。

魔神が呆《あき》れて口を開いたところで、お祖父ちゃんが助け船を出した。

「ほら、自分が今までやって楽しかったことや、やってみたいことを答えたらいいよ」

「ナメテルトシヌゼ」猿がつけ加えた。「ウソハスグワカルカラナ」

「河口の近くでカヌーを漕《こ》ぐのが好きです」ロブは泣きながら答えた。「さっきオルリーがフェアに遊びに来いっていって、きっと遊びに行くと思うのだけど、それが楽しみです。それから学校の友達と遊ぶのも楽しいです」

魔神の顔から怒りの気配が去った。丸い目が細くなる。

「なるほど、そりゃあ楽しそうだな」魔神は笑った。「想像しただけで嬉《うれ》しくなってくる」

少しほっとしたが、まだ油断はできなかった。

「恋もしているかね？」

「それは、えっとまだ」

「楽しいことは向こうからやってくることもあるが、そうでなければ努力をしなくてはならない。なんでも努力だよ。自分で探す！　自分から近寄っていく！　でも君はあまり努力をしていないんじゃないか？」

「そうです」と答えた。「すみません」

「やはりそうか。人間はみなそうだ。与えられた時間のことをわかっちゃいない。いいかい。もしも私ならね、毎日が黄金のピカピカ、血湧き肉躍る、完全無欠の日々を送るよ。そりゃあ努力して、よりよくなるための、あらゆる策を弄《ろう》してね。生を味わう。そうすべきだ。違うかね？」

違うような気もしたが、反論するつもりはまったくなかった。

「そうですね。すみません。頑張ります」

魔神のお説教がどのぐらい続いたものか、ロブはおぼえていない。お祖父ちゃんが、「さあ、ロブもう行きなさい」と追いやり、ロブは生者のいる焚き火のほうへ、ひたすら走った。


ロブの父親によると、ロブは泣きながら闇の中より現れ、お化けに会った、お祖父ちゃんにも会った、とみんなに告げた後に、寝てしまったという。ラム酒に酔ったのだと誰もが思ったし、実際に酔っていた。

翌日、ロブは寝坊して、だいぶ遅れてからオルリーの車で学校に行ったという。

私はおや、と思い、日本人の少年――タカシと一緒に歩いて学校へ行ったのではないか、ときいたが、ロブは首を横に振った。

「タカシとはよく道であって一緒に学校まで歩くときもあったけど、その日はオルリーに送ってもらったよ。タカシ、別の日と勘違いしてないかな。ねえオルリーと一緒だったよね？」

お茶を運んできたロブの母親も頷く。

「そうね。墓参りの最後の日は、あんたは確かにオルリーの車に乗って出ていったわね。後片付けの手伝いをさせられるのが嫌だったんでしょう？」

「違うよ、提出しないといけない宿題があったんだ」

手の甲に浮き上がった文様や、呪いについて質問すると、ロブはなんのことかわからないと首を捻《ひね》った。

5

バス停にいた日本人の女の子（ナミ）

タカシは嘘つきでもないし、勘違いもしていないと思います。あの日私が見たロブも手の甲に妙な模様が浮き出ていました。

タカシ以外の男子は、ロブの手の甲のこと、知らないと思いますけど、モニカ先生と女子はみな知っていますよ。

まあでもこの話、絶対に秘密という約束をしているのでいえません。

誰にもいわないって？

おじさん、外国から来た人で明日には島からいなくなるんですか。

そうね……それだったら……そんなに頼むなら……まあいいかな。何年も前の話だし。でも本当に誰にも話さないでくださいね。万が一誰かに話すにしても、私から聞いたってのは無しですよ。

今考えるとものすごく変な話なんですよ。日本ではこういうの、「狐につままれたみたい」っていうんですけどね。こっちではなんていうんだろう。まあそれはともかく……

…。

モニカ先生は一時限遅れて教室にやってくると、男子をみんな校庭にだしました。先生は女子だけが残った教室で話を始めました。

自分一人ではどうにもできないことがこの世にはある。誰が悪いというわけでもなく、災難が降りかかってくることがある。そんなとき必要なのは、周囲の人間が支えてあげること。

そんな内容の話をしてからモニカ先生は廊下に向かってロブ、と呼びました。教室にロブが入ってきました。

「いいですかみなさん。今、みなさんの仲間であるロブ君が、窮地にたっています」

ロブは教壇のところに先生と並んで俯《うつむ》いて立ちました。まるで転校したての気弱な児童みたいでした。

モニカ先生は、彼の右手の甲の文様をみんなに見せました。そして、お墓参りのときに、彼の一族の中に意地悪な魔神が紛れこんでいて、哀れにも呪いをかけられてしまった経緯を説明しました。

「ロブ。呪いを解くにはどうすればいいのだった？　みんなにいいなさい」

「ぼ、ぼくの、す、好きな女の子が、ぼ、ぼくにキスしてくれる、ことです」

ロブの顔は真っ赤で、目には涙が滲《にじ》んでいました。

「してくれないとどうなるの？　さあそれも話しなさい」

「一週間後に呪いで死んじゃうんだ！」

　改めて考えると馬鹿みたいな話ですが、なぜかその場ではそれは確かな事実のように思えました。私たちはみな雰囲気に呑《の》まれてしまっていました。ロブはいつもの明るさをまるっきり失って、墓場を背負わされているように消沈していましたし、隣のモニカ先生も冗談をいっている顔はしていません。なにより手の甲の文様はただの刺青などでは断じてなく、魔法じみた気配を放っていました。

　モニカ先生は、期待しているわよみなさん、というようにクラスを眺めていいました。

「ね。助けてあげましょう」

　みんな、ロブを助けてあげたい、という気持ちになっていたと思います。

「先生。それで、ロブにキスしなくてはならない女の子は誰なんですか？」

　クラスの一番前に座っている女の子、くるくるパーマにリボンをつけたリリーが怪訝《けげん》そうにききました。

「そう。ロブの好きな女の子ね。それをきかなくちゃ」モニカ先生は微笑みました。

「さあ、ロブ。いいなさい。誰にキスしてもらいたいの？　いや、誰にキスしてもらうと呪いは解けるの？」

「キスって唇にするの？　うえっ」誰かがぽつんと漏らすと、別の誰かが「あんたじゃないから安心しな」といいました。そのやりとりがおかしくてみんな笑いました。

ロブはよっぽど恥ずかしかったのか、泣きじゃくり始めました。モニカ先生は、ロブの肩に手を置きました。

「いい、ロブ。そしてみなさん。これは、いやらしい話じゃないし、恥ずかしがることでもないの。今日のことはみんなすぐに忘れるわよ。恥ずかしがったおかげで、くだらない呪いで死ぬなんて馬鹿なことよ。誰かが今回のことでからかうようなら、先生にいいなさい。先生は絶対その子を許さないから」

そこで私が発言したんです。

「先生。ロブはこんなに泣いていてかわいそうです。クラスの女子が全員、順番にロブにキスをしてあげればいいと思います。それなら確実に呪いも解けるし、後で、特定の女の子がからかわれることもないし、公平ではないでしょうか」

一瞬、クラスは動揺しましたが、私の提案はモニカ先生に受け入れられました。

「じゃあ、みんな外に出ましょう。男子が外でサッカーをしている間に、裏の丘の菩《ぼ》提《だい》樹《じゅ》のところへ」

私たちは菩提樹の木陰に、ロブとモニカ先生を囲むように座りました。

「まあ、ただの呪いを解くための儀式だけど、キスならやはりムードが必要よね」

モニカ先生は赤いラジカセを地面に置くと音楽をかけました。甘ったるいシャンソンです。

ロブは両目をぎゅっと瞑《つぶ》ってがたがたと震えていました。本当にかわいそうだ、と私は同情しました。自分が同じ呪いにかかって男子全員とキスをするはめになったら……恐ろしい想像です。

「覚悟はいいかしら」

モニカ先生の言葉にロブは微《かす》かに頷き、震え声でいいました。

「みんな、ありがとう」

「みんなも覚悟はいいね」

「死んじゃうなら仕方ないだろ」リリーがふてくされたようにいいました。「あーあ。マジで、あーあ」

「今日のことはくれぐれも誰にもいっては駄目よ。ロブと私たちの名誉のために」

全員が誰にもいわないことを誓いました。

「ではまず私から」モニカ先生がロブの顔にかがみこみました。「実は私も初キスなの。この歳までなかなかチャンスがなかったものですから」

一番不思議なのは、みんながキスをし終わった直後なんです。

「おおいみんな」声が丘の下から聞こえてきたので、みんなはっとしました。

荒い息のロブが現れました。

「どうも、お墓参りで遅れました。先生、宿題を持ってきたよ」

私たちは目を見開き、口をぽかんと開けて、遅れてやってきた少年を見ました。

「なんでそんな顔でぼくを見るの？　あれ男子がいないや。その人形は何？」

私たちがロブからモニカ先生の隣に目を向けるとそこに……ええ、例の木像の人形が置かれていたんですよ。ペンキで真ん丸な目と、三日月形の口が描かれているやつです。

ルリフォンが、ひゃあっと悲鳴をあげたのをおぼえています。

赤いラジカセからはシャンソンが流れっぱなしでした。

ロブは怪訝そうに首を傾げました。

「みんな、何をしていたの？」

間を置いてから、モニカ先生は、苦虫を噛み潰《つぶ》したような表情でいいました。

「それは、いえないわ」

ヴェルレーヌの手記

バオバブ街道の外れ、十字路のピンクの廟の前にもう一度私は立った。

ちょうど日が沈んだばかりの時刻だ。空は夜の色へと近付いている。周囲には誰もいない。

私はそっと廟の中から件《くだん》の木像をとりだしてみた。

丸い目は満足そうで、三日月の笑いは謎めいている。像の右面、人間なら腕にあたる部分を見ると、薔薇《ばら》のようにも見える細かい彫刻が施されていた。

軽く振ってみると、カタカタと音がした。中は空洞で何かが入っている。墓場に納めるものと考えればおそらくは骨であろう。このサイズの木像の内部空洞に納まるのならきっと子供の骨だ。

私は木像を廟に戻した。

今晩のバスでここを離れフェアに向かう。明後日には別の島へと発《た》つ。次にこの町に来るのがいつになるかわからないが、そのときこの十字路にピンクの廟がまだあれば嬉しい。

雲の眠る海

1

シシマデウさんは、ペライアの酋長《しゅうちょう》の甥《おい》である。

幼い頃から何にでも興味を示し、魚をとるのもマングローブの枝で細工を作るのも得意だった。また槍《やり》の使い手で、有事の際には敵に向かっていく戦士の刺青《いれずみ》を胸にしていた。

十四歳のときに妻を持ち、一女の父となった。その際、父親を示す刺青も肩にいれた。

ペライアは島の名前であり、またその島にある王国の名前でもあった。

ペライア島ではほぼ一年中、赤や黄の花が咲き乱れる。椰子《やし》の木の間を極彩色の鳥が飛びまわり、ジャングルには猿と豚と鹿、海辺の丘陵には足の遅い飛べない鳥がいた。

集落にはパンダナスの葉で屋根を葺《ふ》いた家が並び、芋畑があった。〈王宮〉と呼ばれる酋長その他が住み、会議をしたり祭祀《さいし》を行ったりする地域は巨石がふんだんに使われていた。石と木の文化だった。

ペライアには敵が存在した。

東に二十キロ離れた島、コラである。

コラはペライアと同じような文化圏だったが、ペライアとは歴史的に仲が悪かった。ペライアは武力において概《おおむ》ねコラに勝っていた。武力とはすなわち、戦士の数と質である。そのことはやや誇張した表現ではあるが〈ペライアのイクサ歌〉の歌詞にもなっていて、みな現実も歌の通りなのだと信じていた。

その年の戦士は、数、質共に特に充実していた。しばらくの間、コラとの小競り合いも、大きな災害や疫病もなく、子供の数が増えたからかもしれない。古老たちは「強力な戦士がこれほどたくさんいた時期はない」と口を揃えていった。

〈王宮〉には力試しの石輪があった。中央に棒を通す穴のあいた円形の大きな石で、祭りのときには数人がかりで広場に引きずりだされた。〈石相撲《いしずもう》〉なる石輪を使って筋力を競う催し物が実施されるからだ。

毎年、若者たちが〈石相撲〉に出場してその石輪を持ち上げようと挑戦するがなかなか成功しない。これまでに成功して喝采《かっさい》を受けたものは、〈王宮〉直属の鍛え上げた戦士の中に、二人か三人いるだけだったのだが、その年の〈石相撲〉で石輪を持ち上げたものは十五人もいた。さらに古い猛者《もさ》が若い頃に打ちだした伝説的な記録も、怪力自慢の青年が更新した。

〈石相撲〉だけではなかった。槍や弓の腕前を競う催し物でも、同様の大きな成果があった。

〈石相撲〉の行われた祭りの翌日のことだ。

物見櫓《ものみやぐら》から太鼓が鳴り、狼煙《のろし》が上がった。

シシマデウさんが高台に上がると、外洋から巨大な帆船が姿を現し、環礁の中に入ってくるところだった。その周囲に百近いカヌーが並んでいる。

コラの襲撃だった。

外洋を渡ってきたいけすかない連中、スペイン人がコラの背後についていることをシシマデウさんは知っていた。スペイン人がとても大きな船に乗っていることも、魔法のように遠距離から敵を攻撃できる筒状の武器を持っていることも知っていた。筒の中に悪魔が潜んでいるのだと囁《ささや》かれていた。

未知の兵器は恐ろしかったが、遠距離から攻撃できるのは弓も同じだし、筒に悪魔が潜んでいようといなかろうと、しょせんは武器の力なのだからそれを奪ってしまえば脅威ではなくなる。今のペライアならどこと戦っても負けはしないと思っていた。

百近いカヌーは、コラの兵だけでは多すぎる。コラに従属しているペピやアルリ、トーレなど周辺の島からも兵を集めたことを示していた。

雷に似た大きな音が響き渡った。

海に浮かんだ帆船の大砲が火を噴いたのだ。

大砲の一撃は、海沿いの高台にある石積みの城壁を大きく破壊した。

シシマデゥさんは少し離れたところからその破壊を目撃していた。攻撃の原理がまったくわからなかった。魔法という呼び名にふさわしい、ありえない攻撃だった。

――海から〈王宮〉の壁を？　奴らはあの距離からこんなことができるのか？

あるものは槍をおろして、口をぽかんと開いてぼんやりと大船を眺め、またあるものは目を瞑《つぶ》って震えた。大砲が使用されたのは最初の一撃だけだったが、それはペライアに大きな精神的動揺をもたらし、その後の戦局を左右することになった。


コラとペピ、アルリ、トーレの連合軍は、柄と穂先に鉄を使った槍を手にして上陸してきた。

この機会に部族の命運全てをかけるといわんばかりの猛烈な攻めだった。コラの戦士が持つ新しい槍は、ペライアの木の盾をたやすく貫通した。

〈石相撲〉の記録を更新した、十人力の怪力を持つ若い戦士が、足に矢を受け呆気《あっけ》なく地に膝《ひざ》をついた。

ペライア側にあった「今、戦士は豊作。自分たちは強いはずだ」という驕《おご》りは、たちまちのうちに敗北の予感と混乱に変わった。

集落に火を放つ、退路を塞《ふさ》ぐ、コラの戦士たちの戦いぶりは周到にして容赦がなかった。

炎よりも煙が武器になることを知っていて、風上から火を焚《た》いた。逃げれば、先回りして待っていた兵士の槍に貫かれ、矢を浴びせかけられた。

ペライアの戦士たちは、これまでのコラとの戦いと今回の戦いはまったく勝手が違うことに気がつき始めた。これまでの戦いのほとんどは、純粋な肉弾戦……武器を持っただの喧嘩《けんか》だった。今目の前に起こっているのは計画的な殺戮《さつりく》だった。

シシマデゥさんは城壁の近くで、わらわらと〈王宮〉に至る坂道を上ってくるコラの兵に矢を射掛けていたが、矢が尽きたので、石斧《いしおの》を持って敵兵に突っ込んでいった。

目の前にたちはだかった敵の喉元《のどもと》を斧で打ちつけ、ひるんだ相手から槍を奪いとった。持った瞬間に良い武器だとわかった。重くて頑丈。柄を握っているだけで破壊力が推測できた。木と石、もしくは貝殻でできたペライアの槍とは、質が違っていた。

外洋からやってきた異人であるスペイン人が魔法じみた武器を持っているのは、ある意味で当然だったが、コラの兵士ごときがペライアにはない上等な武器をいつのまにか手にしていることに、シシマデゥさんは、嫉妬《しっと》とやるせなさをおぼえた。

茂みから気配が生じ、肩と胸に戦士の刺青をいれた敵が次から次へと躍りでてくる。シシマデウさんは背を向けて走った。追いすがってきた一人を、振り返りざま、奪い取ったばかりの槍で突き殺した。

死体を跳び越えながら走った。倒れているのは敵よりも味方のほうがずっと多かった。〈王宮〉はもう駄目かもしれない。

シシマデウさんは走りながら思った。

敵兵が躍りでてきた方角は、〈王宮〉の西門に通じる小道だった。敵は既に〈王宮〉の中にまで入り込んでいる。ペライア人のふりをして、あらかじめ島に潜入していたコラの間者が〈王宮〉内部にいて手引きをしたのかもしれない。

何にせよ城が奪われたのなら、もう防衛をする意味はない。シシマデウさんは勇敢だったけれど、一人で敵の群れに突入しようとは思わなかった。

藪《やぶ》の中を走っているうちに、鉦《かね》の音も法螺《ほら》貝《がい》の音も遠ざかり、シシマデウさんは一人になった。

河口域のマングローブの茂みの中にカヌーが数艘《そう》置かれていた。

シシマデウさんは誰もいないカヌー置き場にくると、木陰で休憩した。地形上、通りからも川からもカヌーは見えなかった。ここならいざとなれば川に逃げられる。いい隠れ場所だった。

近くに転がっていた椰子の実を割って水分を補給した。

少し落ち着いてから、戦いの趨勢《すうせい》と、これからどうすべきかを考えた。双方の死者がどのぐらいかわからないが、海から城壁を破壊したあの大船がコラの後ろ盾として浮かんでいる事実、〈王宮〉が陥落しているであろう事実を考えれば、悔しいけれど今回は敗北を認めざるをえなかった。よりによって祭りの翌日——いや、偶然ではあるまい——人々が疲れているときを狙って攻めてきたのだ。コラはずっと前からこの襲撃を入念に計画していたに違いなかった。

妻と三歳になる娘が気になった。上手《うま》く逃げて隠れているかもしれないし、捕らえられているかもしれない。あまり考えたくないが、殺されてしまったこともありえる。

小道を数人の男女が歩いてきた。

逃走中のペライアの村人だった。シシマデゥさんは茂みから姿を現し手を振った。シシマデゥさんと彼らはそこでしばらく立ち話をして情報を交換した。

彼らは〈王宮〉のふもとの畑で農作業をしていたが、コラの戦士が列をなして進んでくるのを見て、みな必死になって逃げたという。

男の一人はシシマデゥさんを気の毒そうに眺めながら、「〈王宮〉は落とされたよ。戦士のほとんどは敵にやられ、首を刈られたらしい」といった。

「今年の戦士は粒ぞろいだったのにな。奴らの強さは異常だよ。これから裏の森の集落に移動するんだ。そこまで行けばすぐにコラの兵がやってくることもないだろうし、隠れ家になるような洞窟《どうくつ》もある。一緒に行くかね」

シシマデウさんは首を横に振った。

「では、わしらは敵に見つからないうちに行かなくちゃ。あんたも上手くやんなよ」

一緒に行きたいのはやまやまだった。森の集落には妻と娘がいるかもしれない。避難している人間が大勢いるのであれば、友人、知人の顔もあるだろう。だが、本来ならば敵に突入していくはずの戦士である自分が、そのような場所にこもるのは体裁が悪すぎるように思える。


夕刻までにシシマデウさんはできる限りの準備をすると、一人乗りのカヌーで川に漕《こ》ぎだしそのまま海にでた。

コラとは別の方向に十キロ離れた島、テオスを目指すためだった。


ペライアの近海には無数の島があった。人が住んでいる島もあれば、そうでない島もある。

テオスの人口はペライアの十分の一。戦士はほとんどいない。コラとは違い、テオスとペライアの交流はさかんで、テオスの女を嫁にとるペライアの男、またはその逆も珍しくなかった。ペライアからすればテオスは自分たちの一部だった。

今回の戦いのことは、ことによればまだテオスには伝わっていないかもしれない。なにしろ今日の午前中に起こったことだ。誰かがテオスに話を伝えなくてはならない。コラは、ペライアの制圧が終わって力を蓄えた後にはテオスも攻めるかもしれないし、この先ペライアがコラに逆襲するには、テオスの助力が必要不可欠だ。

ゆらり、ゆらり、とカヌーは波間を揺れる。

海はさほど荒れていなかった。テオスには何度もカヌーを漕いで行ったことがある。

シシマデウさんは黙って櫂《かい》を漕いだ。

振り返って自分の島を見ると、日が暮れて青みがかった島影の、あちこちに炎が灯《とも》っていた。コラの連中の篝火《かがりび》に違いなかった。

悔しかった。

生まれて初めて味わう底なしの悔しさだった。力さえあればコラの連中を皆殺しにしてやりたかった。

舟を漕いでテオスを目指す自分が、仲間たちを見捨ててただ一人逃亡しているように思えた。

――〈大海蛇の一族〉。

なぜだろう。脈絡もなく唐突に、シシマデウさんの頭にその言葉が浮かんだ。

――偉大なる〈大海蛇の一族〉。

〈大海蛇の一族〉とは、海の彼方《かなた》に棲《す》む精霊の血を引く一族だった。空を自由に飛び、風や雲を操り、どんなことでも知っている。

一振りすれば暴風が起こる槍を手にしており、その槍は投げれば海を越えて三つ先の島まで届く。

島の古老が語るには、彼らはその昔巨大な大海蛇に乗ってペライアにやってきたという。火の扱いや、カヌーの作り方などをペライアの先祖に教えたのも〈大海蛇の一族〉だ。〈王宮〉の城壁に使用されている人力では運ぶことの難しい大きな石は、彼らが魔法で運んだという。

やがて〈大海蛇の一族〉は海の彼方に去っていったが、子種を残したので、ペライアの民の血には〈大海蛇の一族〉の血が少し混じっているという。

ペライアには年に一度、海の彼方から再び〈大海蛇の一族〉がやってくることを祈る祭りがあった。歌い、踊り、最後に海からやってきた神を模した扮装《ふんそう》の男たちが、海辺から槍を持ってきて、〈王宮〉に奉じて終わりになる。

無論、大いなる父祖〈大海蛇の一族〉など昨日まで御伽噺《おとぎばなし》だった。だが、あまりにも悲惨な現実から逃げるように、シシマデウさんは繰り返し〈大海蛇の一族〉のことを考えた。

コラがペライアを攻め落とせたのは、つまるところ最初のスペイン艦の砲撃でこちらの自信が揺らいだのと、武器や戦法に彼らから得た知恵や技術を用いたからだ。今の彼らは強いけれど、我らの先祖〈大海蛇の一族〉が本当にいるとしたらどうだろう？　スペイン人がコラに力を貸したように、〈大海蛇の一族〉がペライアに力を貸したとしたらどうなる……。

ペライアとテオスの海路の途上にある砂浜だけの無人島に上陸し少し眠った。浜には数万匹のヤドカリが群れていたので、カヌーの上に身を横たえた。

空が白み始める少し前に、シシマデウさんは出発した。大きな島影がすぐ先に見えていた。

2

テオスに辿《たど》りつくと、シシマデウさんはすぐにテオスの酋長の家へと向かった。

昨日のことが嘘のように、テオスは平和だった。女たちは笑い、子供たちが駆け回っている。

テオスの酋長は恰幅《かっぷく》のいい初老の男で、シシマデウさんは叔父《おじ》と同じように慕っていた。

「そうか。君がきたか」酋長はシシマデウさんを見ると髭《ひげ》を撫《な》でた。「昨日な……ペライア島のあちこちが燃えているのが見えたよ。異人の巨大な船を目撃したものもおる。さあ、話してもらおう」

酋長と話しているうちに島の有力者たちが集まってきた。シシマデウさんが持ってきた敵兵の槍は、テオスの民をとても驚かせた。

シシマデウさんの話を聞き終わった酋長はため息をついた。

「まいったね。どうしたらいいかね。最終的には我々はみなで話し合って決めるが、シシマデウ君よ。君はどう思う」

「今すぐ戦士を集めてコラの襲撃を警戒したほうがいいと思います」

シシマデウさんの答えを吟味するように、酋長は腕を組んだ。肩には飼い馴《な》らしたインコがとまっていて、ピイ、と甲高く鳴いた。

「そうだな。伝えてくれて本当にありがたい。そうしよう。だが、実際戦いとなればペライアが太刀うちできんものに、我々が勝てるはずないだろうな」

「確かに奴らは強いですよ。しかしテオスがペライアの戦士と組んで一緒にかかれば、なんとかなるかもしれません」

テオスの酋長は、ううん、と唸《うな》り声をあげ、つい最近まで小さな子供だったんだがな、と呟《つぶや》くと、少しやさしい目でシシマデウさんを見た。

「悔しさはわかる。だが……さあてなあ、本当になんとかなると思うかね？」

シシマデゥさんは考えた。テオスの男は戦闘にまったく慣れていないし、訓練もしていないだろう。戦士とは到底呼べぬものばかり。彼らを引き連れていって本当になんとかなるのだろうか？

なんともならない。死者が増えるだけだ。そしてテオスは戦渦に巻き込まれる。

酋長はシシマデゥさんの頭の中を読んだかのようにいった。

「そうなんだよ。弱いんだよ、わしらは。テオスは小さな島なんだよ。戦ってどうこうというより、コラといかに交渉するかを考えねばならん。向こうだって、こんな小さな島でのんびりしている人間を、皆殺しにしたってなんの得にもならないんだから」

その通りだ、酋長は賢く正しいとシシマデゥさんは思う。テオスは既に敗北の色が濃い（もしくは敗北してしまった）ペライアに援軍などだすべきではないのだ。

「とりあえず君の安全は保証する。な。もう話はわかったから、まずは休め休め。とてつもなく疲れた顔をしているぞ」

シシマデゥさんはそれを聞くなり目を瞑り、そのまま眠ってしまった。酋長の言葉通りに疲れきっていたのだ。

シシマデゥさんは悪夢を見た。妻と娘がひどい目にあう夢だ。コラに殺された兄弟もでてきた。自分の手にした槍が相手の肉にめり込んだ感触もよみがえる。暴力。血。破壊。

首筋や脇腹がくすぐったかった。己の肌や肉が、とり返しのつかない傷をつけられる予感にむずむずと脅えているのだ。

夢の中では、テオスの酋長が裏切る。コラからやってきた男にへつらいながら、「私たちはあなたの味方です。その証《しるし》にペライアから逃げてきた兵をさしあげます。どうか勘弁してくださいませ」と縛り上げたシシマデウさんを差しだす。

助けてくれ、とシシマデウさんは海に向かって叫ぶ。

水平線の彼方にいる不思議で偉大な存在。それは黄昏時《たそがれ》の雲のような姿をしている。彼らは自分を見ている。何千もの紅色のインコが空に舞い上がり、白い毛の大猿が森の奥で、バナナを片手に笑う。


目覚めたのは夜だった。

シシマデウさんは、別棟に運ばれていた。身を起こし、枕元におかれた甕《かめ》から水を飲んだ。

中庭に出ると、向かいにある酋長の居室は明かりがついていて、話し声が漏れていた。

酋長の周囲に数人が集まって議論をしていた。シシマデウさんが部屋に入ると、みながどこか気の毒そうな視線を向けた。

酋長がいった。

「起きたか。もっと休んでいたらいいのに」

「いえ、充分休みました。あれから、何か変わったことがありましたか」

「君が寝ている間にペライアからぞくぞくと人がきているよ。コラの人間はまだきておらん。まあ、いずれはくるだろうが、今はペライア本島で手一杯なのだろう。悲しい報《しら》せだが、ペライアの酋長は死んだそうだ」

シシマデゥさんはうな垂れた。叔父は首を刈られたのだろうか。〈王宮〉を落とされ、酋長まで殺されたら、もう兵はまとまらない。

テオスの酋長は少しいいにくそうにいった。

「ん、まあ、なんだ、テオスの今後の方針について、ちょうど話し合いが終わったところなんだけどね。とりあえずテオスは、コラがやってきた場合には『服従の意を示しつつ、ペライアからきた兵のほうはこっそりと匿《かくま》う』ことに決まった。そりゃあ頭にくるがね。わしだってペライアの酋長とは家族同然に育っているんだから。だが仕方ないんだ。それしかできん」

「いえ、賢明な判断です」シシマデゥさんはいった。酋長は、すまんね、ともう一度繰り返した。

「まあ、そのうちコラも自分たちの島に戻るんじゃないかね。ペライアは広い。全てを攻め滅ぼすなど無理だろ。そうしたらペライアを復興せんといかん。そのときに、君は大事な人材だ。今はテオスで様子を見ていたらいい」

シシマデウさんは一息吸ってから話を変えた。

「ところで、〈大海蛇の一族〉をご存じですか？」

酋長は首を傾げた。

「〈大海蛇の一族〉？　古老の話す昔話なら知っておるが……嵐を呼ぶ槍を使う神だろ」

苦笑と共につけ加える。「まだ会ったことはないよ」

少しの間を置いてシシマデウさんはいった。

「私は〈大海蛇の一族〉を探しに行こうと思います」

みながはっとしてシシマデウさんを見た。

いつのまにかシシマデウさんの心は決まっていた。海の彼方にスペイン人がいるのなら〈大海蛇の一族〉だっているはずだ。ペライア存亡の危機を伝えれば、力を貸してくれるかもしれない。


テオスの酋長は知る限りのことをシシマデウさんに伝え、出発までにあらゆる協力を惜しまなかった。

言い伝えによれば〈大海蛇の一族〉の棲む国は、テオスの先の海域に並ぶ数百の島のまた先にある。〈大海蛇の一族〉が認めたものだけにその道が開かれるという。

長期航海用のダブルカヌーが造られた。二つのカヌーを並べ、中央にデッキができる。

荷物を運搬するのによく使われる型だ。

遠巻きに見ているテオスの民の中には、ただの愚かな奇行だと笑うものもいた。黙って小さな島の中で、自分の仕事だけをしていればいい。なぜそんな危険なことをするのか。戦士なら戦えばいいし、負けたのなら降伏すればいい。

だが、テオスの酋長はシシマデゥさんのことをよくわかっていた。

シシマデゥさんが持ってきた槍を見て触って振ったとき、酋長は顔を引っ叩《ぱた》かれたような気がした。ほんの一瞬、心は魅力的な玩具《がんぐ》を見つけた少年のものになり、次の瞬間には何十年も自分は何をやってきたのか、と愕然《がくぜん》とした。

巨大な船が海上から〈王宮〉の城壁を破壊するのを見たときのシシマデゥさんの気持ちが酋長には想像できた。彼がただ戦慄《せんりつ》しただけのはずがあるわけがない。自分ではどうにもならないほどの焦燥交じりの好奇心が芽生えたに違いない。

誰かが海の彼方に行って知恵と技術を——魔法を——持って帰らなくてはならない。それは今や我ら民族全体が欲していることだ。できないかもしれないと酋長は思う。だができるかできないか試さずにいるのは怠慢だ。

双胴船はたちまち組みあがり、入念に点検が為《な》されて浜辺に曳《ひ》かれた。帆を操って進む船だ。舵《かじ》もついている。

テオスの者に加えて、ペライアから逃げてきた人々もシシマデゥさんをとり囲んで、頑張れよ、無事に帰ってこいと口々に励ましの言葉をかけた。

シシマデウさんは酋長に何度も礼をいった。酋長は頷《うなず》き、シシマデウさんの雄姿を目に焼きつけた。もう二度と会うことはないのかもしれない。

歓声を受けて、シシマデウさんは船出をした。

帆を張ると、大きく風を孕《はら》んで、どんどん進んだ。

ただ一人だった。

十七歳だった。

3

大洋はあまりにも広く、人生は短い。

小さな島があれば上陸してしばらく滞在し、食糧を補給して、カヌーを補強した。時には島で嵐をやり過ごし、少しずつ進んだ。

人が住んでいて集落のある島もあった。そんな島では、一人で海洋を渡ってくるシシマデウさんは歓迎された。ペライアと何の交流もなく、お互いに存在すら知らぬほど距離が離れているのに、なぜだか、言葉のいくつかが一致していて、話しているとだいたいの意味が通じることがあった。祖先が一緒なのだとシシマデウさんは思った。

しばらく一緒に暮らすことはあったが、あまり長居をすることはなく、周辺の海の情報を手に入れると、シシマデウさんは出発した。

百の夜を越えた。星を頼りに方向を定めていたが未知の場所に向かうのだから、どの方角が正解と決まっているわけでもなかった。

波に攫《さら》われ、鮫《さめ》に食われ、いつ死んでもおかしくない日々だったが、裏切られてコラに引き渡されることや、寝首をかかれることはない。

俺は逃げたのだ、とシシマデウさんは思ってみた。

屈辱のうちに死ぬのが怖くて妻子を見捨て、誇りが傷つくのが嫌でテオスに逃れ、進退きわまり何もかも嫌になって、〈大海蛇の一族〉だなどと戯言《たわごと》を主張し、みんなを騙《だま》して海の上にいるのだ。

そんなことはない、と反論もしてみた。〈大海蛇の一族〉の後ろ盾がなければペライアはこの先ずっとコラの奴隷だ。今自分は一族の命運をかけた偉業に挑んでいるのではないか。誰かがやらねばならぬことを、自分が進んでしているのだ。

考える時間はいくらでもあったから、際限なく脳内で論戦を繰り返した。一つの意見とその反対の意見を作り出し、戦わせるのだ。

どこともしれぬ大洋の上に、ペライアの酋長の甥のシシマデウさんはもういなかった。ただ一人漂流者がいるだけだった。

鯨の群れ。

船の下を悠然と横切るオニイトマキエイ。

水平線に月が沈んだ。

豪雨を降らせる巨大な積乱雲が浮かんだ。

魚を突き、椰子の実をとり、水を探し、眠り、故郷の夢を見て、目覚め、出発する。

シシマデウさんは思う。

もしも〈大海蛇の一族〉が力を貸してくれたとしよう。新しく強大な兵器をペライアも手に入れ、武力をとり戻す。そうすれば――シシマデウさんは、そこまで考え、はっと思い当たる。

そうすればもっともっと人が死ぬ。

きっとスペイン人は黙っていない。〈大海蛇の一族〉がペライアに到来すれば、両者の争いは必然だ。長い戦争の時代がやってくる。

それでいいのだ。シシマデウさんは思う。

コラが憎い。コラが滅びればそれでいい。

それでは駄目なのだ。シシマデウさんの中の議論相手がいう。そんな世の中にするのなら敗北のままひっそり生きたほうがいい。

だがそれは先の心配だ。

まずは〈大海蛇の一族〉に会わなくては。いや、まずは空腹を満たさなくては。

いつのまにか時は流れ、季節が変わった。

ある午後、不思議なことが起こった。

シシマデウさんはカヌーに乗って外洋を漂っていた。

どこまでも広がる水色の空に、無数の雲が浮かんでいたが、その雲が少しずつ高度を下げているようなのだ。

天が低くなっていく。

まるで空が落ちてくるようだ。

シシマデウさんは眉《まゆ》をひそめた。生まれてこのかた一度も体験したことのない現象だった。

刻一刻と雲は低くなっていく。やがて空一面の雲は、立ち上がって手を伸ばせば触れられるほどに低くなった。

自分の大きさがよくわからなくなる。

雲はさらに高度を下げ、シシマデウさんはカヌーごと雲の中に入った。薄暗く、水面もよく見えぬ霧に周囲は包まれた。

この海域は雲の休む場所なのかもしれない。空を移動する雲も、ずっと動きっぱなしでは疲れるから、ひっそりとここに下りてきて休むのかもしれない。

シシマデウさんはカヌーの中で身動きせずにじっとしていた。

自分以外に何者もいないはずの海上で、シシマデウさんは不思議な音を聞いた。獣の唸り声のようなものや、金属が打ち鳴らされる音、死者が喋《しゃべ》っているような声。ドカドカ、ガチャガチャとお祭りめいた変な音（ある音は皮をきつく張った太鼓の音のようだった。そしてその上に自分たちとはまったく違う言語の歌が乗っていた）。

霧の中に悪魔がいると思ったシシマデウさんはじっと息を潜めた。気配を悟られたなら何をされるかわかったものではない。

やがて音は消えた。波がカヌーに打ちつける音や、風の音も消える。

あたりは無音になった。

もともと静かな旅だったが、この静けさは異常だった。時間の感覚をはじめとする全てが曖昧《あいまい》になった。自分が目覚めているのか、眠って夢の中にいるのかも判然としない。もしかしたら霧の化け物に食べられてしまったのかもしれない。

鷗《かもめ》の鳴き声を聞き、目を開いた。一分か十分かわからないが気を失っていたようだ。帆が光を反射しはためいている。見回すと海上には海面まで下りている雲など一つもなかった。

すぐ先に島影が見えた。

4

いつも唐突に現れては去っていくユナが、その日の午後、ふらりと家に現れていった。

「タカシ。ねえ、海で、バーベキューしない？」

タカシは机に向かって勉強をしているところだった。

「久しぶりユナさん。島に来ていたんだね」タカシは頷いた。「バーベキューってぼくと二人で？」

「みんなでよ。ほら、あんたの友達の、ロブとかナミとか誘ってよ」

「いいけど、いつするの？」

「明日の昼。学校は休みなさい」

翌日には二十人ほどが浜辺に集まった。ロブやナミ、エドウやルリフォンといったタカシのクラスメートやその家族である。肉を焼いていると、通りがかりの普段何をしているか不明な暇そうな人たちも加わり、あっという間に三十人ほどになった。みなそれぞれのコンロと肉を持ってきている。ユナもワーゲンバスを浜辺の奥の林まで乗り入れて、お酒やジュースを提供した。

ふと水平線を見ると、帆を張ったぼろぼろのダブルカヌーが湾に入ってくるところだった。手製のカヌーだった。

後にタカシは思う。ユナはこの日シシマデウさんがやってくることを知っていたのだ。

浜辺に漂着したカヌーから男が降りる。半裸であちこちに刺青があった。大きな数珠《じゅず》のような首飾りをしていた。髪には白いものが交じっている。筋肉質で痩《や》せていて、疲れた顔をしていた。

みなが見守る中、男は不思議そうな顔で、バーベキューのほうへ歩いてきた。

ユナが椅子をだして微笑んだ。

男はユナと椅子を交互に見比べてから、椅子に座った。すぐに肉の載った皿と、ビールが運ばれてきた。

「たまげたよ。あんな古風なカヌーに乗ってさ。ありゃ自分で造ったの？　博物館から盗んできたわけじゃないだろ。どこからきたの」

おじさんがきいたが男は答えなかった。おじさんが身振りと手振りでもう一度、どこからきたんだい、ときくと、「ペライア」と答えが返ってきた。

みんなはペライアってどこだ？　と互いに顔を見合わせたが、知っているものはいなかった。名をきくと、シシマデウと答えた。

みなその名を呟いた。

シスマデウ……シマデウス……シシデマウ。

男は香辛料がたっぷりかけられたチキンをおそるおそる齧《かじ》り、ビールを一口飲んだ。ふいにその目に涙が浮かび、ぼろぼろと泣き始めた。

シシマデウさんは浜辺の雑木林にある、使われていない小屋に滞在することになった。みんなでシシマデウさんが気持ち良く眠れるように、素早く小屋を掃除した。ルリフォンのお父さんが毛布と古いベッドをトラックで運んできた。

タカシとユナは、バスに乗ってポートフェアの本屋にくりだした。

タカシは本棚から『ペライア』と書かれた一冊の本を抜き取った。

ジャングルの茂みの中に佇《たたず》む蔦《つた》のはった石造りの門の写真が表紙になっている。

「あらそれね」ユナが本を覗きこむようにしていった。タカシはページを開く。本は絵や写真をふんだんに使ってペライア島を紹介している。


本によるとペライアはタカシの島から、直線で約二千キロ離れた遺跡の島だった。世界遺産にも登録されている。

三百年前に海底地震で島の半分が水没したとき、生き残った人は周辺の島に散らばり無人島となった。遺跡に一番近いテオスには、ペライア人を先祖にもつ人がたくさんいるという。


「立ち読みもなんだから買ってあげる」

ユナがいった。

本屋で会計をすませたところだった。タカシよりも少し年上の、度の強い黒ぶちメガネをかけた男の子が、ユナを見て片手にもっていたヌード雑誌をぽとりと落とした。

「は、あの、もしかしてあなたは、その昔、『アイランドゴシップ』誌の《南太平洋でもっとも重要な女性十人》に選ばれた……わが島の偉人、ユナさんではないでしょうか」

ユナは床に落ちたヌード雑誌と男の子を交互に見ると、一瞬躊躇《ためら》った後に頷いた。少年はヌード雑誌を拾うと棚に戻し、「本物だ！」と跳び上がった。

「こ、これは凄《すご》い。ダメもとでいっているのですけど、あの、ええと、二人で、いえごめんなさい、三人で、コーラでも飲みませんか？」

「どうする？」ユナにきかれて、タカシは頷いた。「いただきます」

「あなたは何歳なの？」

「十三歳です。ポートフェアの中学生です。緊張するぅ！」中学生は洟をかんだ。「あの、さっきいやらしい本をもっていたことは忘れていただけますか？」

「そうだったかしら？」ユナはいった。「おぼえていないけど」

三人は本屋の前にあった屋台のテーブルに座ってコーラを飲んだ。眼鏡の男の子は陽気にいった。

「コーラはぼくの奢《おご》りとさせていただきます」

ユナは鞄《かばん》から貝殻の腕飾りを二つとりだして渡した。

「コーラのお礼に、魔よけよ。もう一つは誰かにあげるといいわ」

中学生は、Tシャツにユナのサインをもらった後、タカシの手にしているペライアの写真集に興味を示したので、タカシはシシマデウさんのことを話した。

「そんな遠くから、手製の船でくるなんて本当だったら、タダもんじゃないっすね」

黒ぶちメガネの男の子は感嘆の息をついた。

「ですよね」

「でも、人が住んでいる島ってのは、昔どこかから船で渡ってきた人がいるからじゃないですか。考えたら凄いですね。くひゃあ、俺もグレイトになりたいもんですわ」


タカシはシシマデウさんのところによく遊びにいった。小屋の前には彼が長い航海をしてきたカヌーと、石の竈《かまど》、流木の椅子があった。ロープや、鎖といったものも散らばっている。

シシマデウさんは、いつもカヌーのどこかをいじっていた。来たときは半裸の腰みの姿だったが、誰かが差し入れたインド風の服を身につけると、そこらへんにいるおじさんとあまり変わらなくなった。


日本からこの島にやってきたよそ者であるタカシは、同じくよそ者であるシシマデウさんに親近感をおぼえていた。

身振りと手振りを交えながら話すのも好きだった。「故郷に妻と娘がいる」シシマデウさんはいった。「槍で人を殺したことがあるか？　私はある」

あまり難しい話はできなかった。

「ペライアは遺跡の島？」

遺跡という言葉がわからないシシマデウさんは不思議そうな顔をした。

「遠い、遠い、遠い島だよ」

「テオスの近く？」

シシマデウさんの顔に笑みが広がった。

「どうして君がテオスを知っているんだ？　本当に不思議なことばかりだ。うん。その通り。テオスの酋長と私は仲良しだよ。わかる？　仲良し」


ある日、シシマデウさんは海にでてみないかとタカシを誘った。

ダブルカヌーはばらされて、二つのカヌーになっていた。そのうちの一つを浜辺に曳くと、二人で乗り込んで漕ぎだした。

浜辺から百メートルも漕ぐと環礁の外——もう外洋だった。水色から深い藍色《あいいろ》にと、はっきり海の色が変わる。波も高くなる。

環礁から外にでた途端、地球の外に飛びだした宇宙飛行士のような恐怖がタカシを襲った。

永久に戻れなくなるのではないか。

「帰ろう」

シシマデウさんはタカシの言葉に頷いた。

水平線の向こうに島影が散らばっている。三百六十度に開けた大きな空間に無数の千切れ雲。

向きをかえると、カヌーは礁湖に流れ込む水流に乗って勢いよく戻っていった。


浜辺に戻り砂を踏むと心の底から安堵《あんど》した。

タカシはたった一人で外海を漂流することを想像した。何ヶ月も人と話さず、どれほど凄いものを見ても語る相手はおらず、死ぬときには誰に見られることも、記憶されることもなく、全ての持ち物と共に波間に消える。

シシマデウさんは、身振りを交えながらいった。「ペライアではね、男が一人前だとみなされるのは、テオスまでカヌーで行って帰ってきたときからなんだよ」


シシマデウさんと話すと、タカシは不思議な気持ちになった。話している最中に、彼の声が一瞬とても遠くなったり、その存在がとてもあやふやなものに思えたりした。

「車も電気も何もかも、見るのはここが初めてだよ。でもここには呪術師《じゅじゅつし》がいるね。あのユナさんと呼んでいる女だ」

「いつかペライアに戻るの？」

「そうだね。戻りたいね。〈大海蛇の一族〉にも会えたしね」

「誰？」

「君たちだよ」

危険な航海などせずとも、水没した遺跡の島には飛行機で行ける。でもそのことは話さなかった。彼が何万もの波濤《はとう》だけでなく、時代まで超えてきたのだとすれば、そこには彼のやり方というものが絶対に関わっている。

「戻らなくてもいいんじゃない？」

「そうだね」シシマデウさんはあっさりといった。「戻らなくてもいいね。別にね。ただペライアで生まれて育ったというだけのことだからね」

シシマデウさんは黙って海を眺めた。長い沈黙のあと、彼はいった。

「本当はそうじゃないかもしれない」

えっなに、とタカシがきき返すと、シシマデウさんは、なんでもないよと首を横に振った。

その後、ばらばらになったカヌーは再び組み立てられていった。

シシマデウさんが浜辺の雑木林で暮らし始めて半年もした頃だった。タカシがいつものように学校帰りに小屋に向かうと、小屋には誰もいなくなっていた。

小屋の前にあった双胴船もなくなっていた。

タカシは浜辺にでてみた。シシマデウさんは海にいるかと思ったのだ。だが見える限

った。

見事なほど何も残さなかった。最初からシシマデウさんなど現れなかったかのようだった。

り海面に浮かんでいる船は一艘もなかった。

タカシはシシマデウさんの小屋から近い雑貨屋に入ると、店主のおばさんに、浜辺の男がどこに行ったか知らないかときいた。おばさんは丸い眼鏡の奥の目を細めていった。

「ああ、浜辺の小屋に最近住んでいた男ね。坊や。いなくなった、というのはそのまんまいなくなったってことよ。どこに行ったかなんてわかるもんかね。まあ、あたしの亭主と同じだね。戻ってきやしない」

その季節特有のスコールがざあざあと地面を叩き始める。タカシは濡《ぬ》れながら走った。家に戻ってバスタオルで体を拭《ふ》いてから、本屋でユナに買ってもらった本『ペライア』を開いた。

タカシの開いたページには、パラオの美術館に所蔵されている銅版画と、その銅版画の説明となるテオスの伝承民話が載っていた。それによると、ペライアの水没は一人の男が引き起こしたことになっていた。

むかしむかし……ペライアから一人の男が精霊の力を求めて海の果てに旅立った。海の果てには妖魔《ようま》の国があり、そこに棲む魔物たちと仲良くなった男は、魔物たちの軍勢を引き連れて、津波の上に乗って帰ってきたという。

銅版画は、山のような高さの大津波が島に押し寄せているところで、津波の頂上にはカヌーと、槍を持った男が一人乗っていた。

悲しいことに、その津波でペライアは消滅したのだという。

薄暗い部屋で、窓から雨の風景を眺めつつタカシは想像する。

彼方の島、真夜中の暗闇、太鼓が鳴っている。人々は炎の前で踊っている。みなシシマデウさんの帰りを待っている。シシマデウさんの奥さんと、子供。オレンジの炎は彼らの体を照らし、影がくねる。

日々は移ろい、子供の子供、その仲間たちも、〈大海蛇の一族〉に会うことを目指して海の彼方へ向かった、伝説の男の帰還を祈り続ける。

シシマデウさんはまだ帰らない。どんどん先へ進む。

雲の眠る海上を通り越し、ぼくの島を通り越し、今もまだ進んでいる。

やがては大きな波の頂上に乗り——。

蛸漁師

1

セントマリー岬の、ある風の強い午後だった。

一人の男が強《こわ》ばった表情で、岬から町へと向かう道路の脇を歩いていた。

男の後ろからパトカーが現れる。非常灯は点灯していない。

男はパトカーに気がつくと片手をあげて、ヒッチハイクのときにするように親指をたてた。パトカーは速度を落として男の脇で止まった。

助手席の窓が開き、赤毛の警官が顔をだした。

「どうしました?」

「事件だよ」

男はどこか虚《うつ》ろな目をしていた。

「この道をずっといった先、サーフショップとお寺のある一角のさらに先、森の中に廃《はい》墟《きょ》があるだろう。あそこの崖《がけ》の下に人が死んでいる。若い子だ」

男はそれだけいうと、ふらふらと歩き始めた。赤毛の警官は素早くパトカーを降りた。

「待ってください、待って。すみません」

男はうるさそうな顔を向ける。

「す、み、ま、せん」

警官は語気を強くして呼び止めると、立ち止まった男を観察した。シャツは汗でべっとりとはりつき、ズボンの裾《すそ》は汚れている。乱闘の痕《あと》のようなものは見当たらない。

「ちょっとパトカーに乗っていただけますか？」

男は呆《ほう》けたような顔でいった。

「あんた、ヤニューって知っているか？」

「ヤニュー？」

2

とにかく混乱していて、上手《うま》く話せるかどうかわからない。ここ数ヶ月間で俺はどんどん世捨て人のようになってしまい、かつて自分が属していた社会をとても遠くに感じているんだ。

俺の住所の登録はポートフェアだ。家はそちらにあるけれど、だいぶ前から帰っていない。そうとも、セントマリーからは、だいぶ遠いな。

今暮らしているところは――たぶんすぐには信じてくれないかもしれないが――岬の

崖の中にあるんだ。

ああ、少し説明が難しいね。

じゃあ、まずはその話からしよう。

セントマリー岬は、灯台のある展望台から見ると、数キロの断崖絶壁《だんがいぜっぺき》が続いているのがわかる。

その断崖の下の岩場が俺の仕事場だ。俺はそこで蛸《たこ》をとっていた。蛸はホテル〈ブラハ・ビラージュ〉のレストランが買い取ってくれる。ブラハのシーフードレストランに出る魚介類のうち、蛸に限っては全部俺から仕入れたものだろうな。蛸壺《たこつぼ》の蛸というのは傷がついたり足がもげたりしないから、網でとった蛸よりも上等なんだ。あとはムール貝もよくとれる。

その日、俺は蛸壺を持って、崖の下の岩場を歩いていた。

崖が潮に浸食されて内陸に少し切れ込んでいる場所がある。たまたま大潮の干潮時で、普段は海に浸《つ》かっているところも干上がって通れるようになっていた。なんとなく崖沿いにまわりこんだところで大きな洞窟《どうくつ》を発見した。

あのあたりに潮の浸食でできた洞窟なんか珍しくもないから、特に驚きはしなかったけれど、ちょいと好奇心から穴の中に入ると奥に石段があった。

完全に手付かずの天然の穴だと思っていたので、これは少し意外だった。海沿いの崖にある洞窟ってのは、時には大昔の墓場だったり、大漁を祈る海の神様が祀《まつ》ってある聖域だったりすることがある。

これもそうしたものかな、と石段を上がってみると驚いたことに、上がった先は部屋になっていた。

壁は煉瓦《れんが》で、床と天井は岩、四隅を支柱が支えている。

そう、繰り返すが〈部屋〉だ。

海側に向いた蒲鉾《かまぼこ》形の窓——窓枠があってガラスが嵌《はま》っている——が四つもある。外には蔓草《つるくさ》が垂れ下がっていて、斑《まだら》な光が差し込んでいた。

俺は窓を開いて、植物をかきわけて顔を出してみた。湾が見える。

そして家具。虫が喰《く》いまくって朽ちかけた木のベッドと（毛布はなかった）、埃《ほこり》が積もりまくった箪笥《たんす》に、塗装の剝《は》げたテーブル、何も置かれていない棚に、椅子があった。箪笥の中を探ると小箱があり、中を調べると綺麗《きれい》な真珠の耳飾りと、数枚の金貨を見つけた。

どうなってんだよ。

どうして岬の崖の中に、部屋が埋まっているんだ？

部屋は全部で三部屋あってそれぞれ繫《つな》がっていた。隣の部屋は竈《かまど》のある炊事場で、さらにその隣の小部屋には地上へと上がる階段があった。

地上への出口は狭く、鉄の格子で塞《ふさ》がれていたが、力をいれると簡単にどかすことができた。

俺は格子をどかして地上に上がり、ため息をついた。

森の中の廃墟だった。

あちこちに壊れた石垣や、コンクリートの壁がある。もとは大きな邸宅だったのだろう。ぼろぼろに破れた天井からは空が覗《のぞ》いている。

そこら中に廃材が転がっている。自分がでてきた穴を見たが、排水溝か防空壕《ごう》にしか見えなかった。

廃墟の周囲には大きな羊歯《しだ》類の植物が葉を伸ばしている。あちこちで鳥が囀《さえず》っている。蚊がやってきて、耳元で、うわん、うわんと唸《うな》った。

俺はこの廃墟におぼえがあった。二度ほどきたことがあったんだ。

〈へえ、ここに出るんだ。へえ〉と呟《つぶや》いたよ。

これについては後で話そう。

その日はもうとても仕事をしようという気は起こらなかった。

知っての通り、セントマリー岬の一帯は、今はリゾートエリアになっているけれど、昔は海賊で賑《にぎ》わっていたところだ。何百年も前には、世界中の海賊が集まっていた。図書館や、海賊資料館、役場などに足を運び、情報を集めた。

こういう話だ。

十八世紀の終わり頃に貿易商人が崖の上に邸宅を建てた。邸宅は代々の貿易商に引き継がれて修復や改築が繰り返される。結局は誰も住まなくなり、五十年も前に打ち捨てられた。

それが崖の上の廃墟だ。

俺が見つけた崖の中の部屋は、廃墟となった邸宅の地下室だったに違いない。土を掘り、岩を削り、部屋を崖の中に埋め込んだんだろう。外からはわからないようにな。

この島で十八世紀の貿易商人といえば、海賊そのものであったか、もしくは海賊と密接な関係があったかどちらかだ。おそらくあそこは建築当初は崖を利用した砦《とりで》のようになっていたんじゃないか。海軍やら対立している海賊団やらの敵が攻めてきたときに隠れたり、崖の下におりて小船で逃げたり、あるいは宝を隠したりするのに、きっとあの部屋は都合が良かったのだろう。

まあ、でも推測だよ。

五十年前の最後の持ち主が、洒落《しゃれ》っ気をだして造ったものかもしれないしね。

3

俺は崖の中の秘密部屋に入り浸った。

家具が据え置かれていることや、全体的な佇《たたず》まいから見て、しばらく前まで人が住んでいたのは明らかだった。まあ、その〈しばらく前〉がどのぐらい前なのか、正確にはわからない。とにかく今は打ち捨てられている。俺は箒《ほうき》で床を掃除する。くもの巣をとり、虫の死骸《しがい》を吹き払う。

棚にはワインやラム酒を置いた。ランプをぶら下げてみる。


掃除があらかた済んだ午後二時頃だった。

ごうごうと風が強くなり始め、窓から外を覗いてみると、灰色の空から大粒の雨が降っている。稲光が光った。遅れてごろごろと雷の音。

その頃、俺はセントマリー市内の週借りのアパートに住んでいて、軽トラックを運転して蛸漁にきていた。

その日も、少し離れたところに軽トラックを駐車させていたが、この雨と風の中、アパートに戻るのが面倒《めんどう》くさくなった。

岩窟の部屋で雨音や、湾に落ちる雷の轟音《ごうおん》に耳を傾けていると、なんだか胸の奥がくすぐられるような素敵《すてき》な気持ちになった。今までスコールにあって下着までずぶ濡《ぬ》れになったことは何度もある。豪雨のときに、上手い具合に屋内にいるときの「してやったり」という感覚は、きっと動物の本能みたいなものだと思う。ふいにあくびがでた。

ちょうど上にあった廃材を使って補修が終わったばかりのベッドがあった。新しい毛布も持ってきていた。

甘美な眠りだった。

かつて睡眠がこれほどまでに甘美であったことなどなかった。目を瞑《つぶ》っていると太古から続く海のリズムの上に、無数の雨音のざわめきが聞こえた。耳ではなく皮膚で聞いているような響きだ。比べてしまうと、これまでの俺の眠りは、嫌な臭いと騒音に包まれ、蟻が全身を這《は》いずり回るかのような不潔な苛立《いらだ》たしさの中で、なんとか体を休ませているようなものだった。

風に舞う鷗《かもめ》の姿が脳裏に浮かんだ。揺れる扇椰子《やし》。稲光。


夢の中で死んだ息子がでてきた。

息子は顔に布をかけられていた。俺はモルグで息子の死体を確認した。

「崖の下に倒れていたんですよ。観光客から通報がありまして」

薄暗い部屋で警官は気の毒そうにいった。

「現場に遺書の類《たぐい》はありませんでした。事件の可能性も捜査中ですが、間違って崖から足を踏み外した可能性が高いです」

「どうしてそんなところに」

警官は首を捻《ひね》った。

「さあねえ。遺体があった崖の上には廃墟があるんですが、探検でもしていたんですかね。とりあえず、何か知っている人がいないか探しています」

まぶたを開くと、岩の天井があった。

俺は涙を拭《ふ》いた。

体を起こし、ベッドからそっと足を踏みだした。雨の音は止んでいる。薄ぼんやりとした光が窓から差していた。

驚くほど体は軽かった。腰の痛みも消えていた。

階段を下りて外に出て見ると夕暮れだった。

嗅覚《きゅうかく》が鋭くなっているようで、夕方の匂いを胸いっぱいに吸い込んだ。

その日、俺は、セントマリーのアパートを引き払ってそこで暮らすことを決めたんだ。これでもう家賃はなしだ。


ええと、俺の住所は岬の崖の中、という話だったな。

うん、この話はこれでよし、と。嘘なんかいっていないよ。本当にあるから後で調べてみたらいいよ、おまわりさん。

4

息子が死んだ夢を見たといったが、本当に死んだんだよ。

どうも話す順番を間違えてしまったかな。

どうして俺がセントマリー岬にやってきたのか？　そこから話そう。

俺はもともとポートフェアに住んでいて、造船事務所の事務員をしていた。息子とは仲が良かったとはいえないね。

あんまり好きじゃなかった。

親は子供を愛する。本でも映画でも、ごくごくそれが世の中の常識のようになっているが、実際にはどうなんだろうね？　みんながみんなそんなわけないだろうと俺は思うんだが。

奴だって俺を嫌っていた。嫌いあっていたね。

どんな子供だったかというと……近眼で度の強い眼鏡をかけていて、全てにおいて思慮が浅い。クラスメートにからかわれ気味で、成績はひどい惨状。馬を撫《な》で回して嚙《か》みつかれたりとか、普通の人がしないような失敗をよくやらかす。体格はよかった。だがその他の部分はもうどこもかしこもダメなんだ。

劣等感と虚栄心で奇怪な形に性格が捻《ね》じ曲がって……「もっと小遣いをくれ。俺が立派な人間でないのは、おまえが小遣いをくれないからだ」真顔でそういうことをいいだすんだ。奴の頭にある親とは〈口うるさい財布〉だったのかね。まあいい。死んだ人間の悪口をいっても始まらないな。

よい思い出がまったくなかったわけではない。奴が十三歳のとき親父の誕生日プレゼントだといって、どこかで貝殻の魔よけを買ってきて俺にくれたことがあった。イモガイの殻に革紐《かわひも》を通したやつだ。なんでも高名な呪術師《じゅじゅつし》ユナが、特別にコーラ三本分の値段で売ってくれたんだと。本当かね。ユナといえば、息子なんかが会いたいと思っても簡単に会える人ではないはずだが。なんでも東洋人の男の子と、フェアの本屋に現れたそうなんだけどな。

息子にまつわる良い記憶はそのぐらいだ。ここだけとり出せば「まあいい子じゃないか」と思えるんだが――そのすぐ後に自転車をねだってきたけどな。

母親がね。俺の浮気が原因で奴が十歳のときに出ていったんだ。まあ、母親とはちょくちょく会っていたみたいだが、教育の失敗に関係あるかもわからん。

島を出て行きたい、とよく息子は口にした。

「俺は島を出て行って大物になるんだ。あんたみたいなつまらない人間にはならない」

息子の口から出た台詞《せりふ》の中で、俺が気にいっていた数少ない台詞だ。俺はいつもこう返した。

「その金は自分で稼げよ。この世で一番つまらない人間は親のすねかじりだ」

十八になった息子は、友人のつてでいい仕事を紹介してもらったので、数日帰らないといって家を出た。

バス代や食費の分の金をくれというので、いくらかやった。俺は息子がどこでどんな仕事をやるのか穿鑿《せんさく》しなかったし、興味もなかった。十八歳のガキが島内でする仕事だ。農場か、漁船か、観光ホテルか。まあ金の有り難みを知るいい経験になるだろうとは思った。

息子は戻ってくることなく、一週間後……五月三十一日にセントマリー岬の崖の下で発見された。

事故か、自殺か、他殺か……遺書はない。他殺を示す証拠もない。でも、だからといって事故と断定もできない。

警官は「何かわかったら連絡します」と俺にいったが、結局、連絡はこなかった。通報した第一発見者は、アメリカ人の観光客で、アメリカに帰ってしまったと聞いた。

俺は息子の葬式が終わってからなんとか気持ちを落ちつけて仕事に戻ろうとした。だが、どうしても、それまで通りの日常を平穏に暮らしていくことができなかった。

事故だとすれば、どんな事故だというのか？　車の免許もまだ持っていないのに、あんな市街地から五キロ以上も離れている崖の下に倒れているなんて不自然だ。

時間がたてばたつほど人々の記憶は風化していく。調べるなら早いほうがいい。事務員の仕事は辞めて、セントマリーで週借りのアパートを借りた。

息子が残した手帳の五月の日付のところに、〈ブラハ・ビラージュ〉の名前と電話番号を見つけた。

〈ブラハ・ビラージュ〉は外国人観光客用のけっこうな宿泊料をとるホテルだ。まさか息子が宿泊するようなところではない。俺はまず電話をかけ、息子が五月二十五日から、二十九日までそのホテルのレストランで働いていたことをつきとめた。

五月の二十五から二十九。セントマリーでは海賊に扮装《ふんそう》した村人たちが通りを練り歩くカーニバルがある。ホテルはその五日間のイベント期間中、観光客でいっぱいになり普段の倍は忙しくなる。そんなわけで割のいい日給の求人をだして従業員を増やす。

5

俺は息子が倒れていたという断崖の下を歩いてみた。見上げる崖の高さは十五メートルといったところ。上には緑が生い茂っている。この高さなら、即死だろうかと考える。

ふと前方から、麦藁《むぎわら》帽子をかぶった小柄な老人が現れた。鼻の根元に大きな黒子《ほくろ》があった。

挨拶《あいさつ》をしてから少し話した。老人は断崖の下で蛸をとって生計をたてているという。

俺はつい最近、ここで死体が見つかったことを話題にした。もちろん大げさな反応をされるのも嫌なので、その死体が自分の息子であることは黙っていた。

「ああ、最近あったたな。よくあるこったよ。このへんではね」

老人は黄色い歯を見せていった。

「崖から落ちたんですってね」

「そうそう。ヤニューの仕業だ」

「ヤニュー？」

「この土地に古くから棲《す》む悪霊だよ」

老人は鋭い視線で俺を見た。

「あの子な。すぐに見つかってよかった。下手をすれば、蟹《かに》が肉を全部持っていっちまう」

「蟹が……」

「そうだ。死体は蟹に食われ、蟹は異常繁殖し、その蟹を食う蛸も増える。観光ホテルのシーフードレストランは大繁盛だ」

これは冗談か？　呆気《あっけ》にとられた俺の顔を気にすることなく老人は続けた。

「人間はな、陸地に墓なんて造るのをやめればいいんだ。海のあのへんをみんなの墓ってことにして網で囲んでよ」老人は入り江の海域を指差した。「死んだら死体は全部そこにドボンだ。そうすりゃ一年中、大漁間違いなしだってのによ」

俺は言葉を返さなかった。老人は舌打ちし、崖を見上げた。

海鳥がぎゃあぎゃあと鳴いている。

老人は目を細めた。

「ヤニューがやったんだ」

俺は〈ヤニュー〉という悪霊の名前自体は知っていた。島の子供ならたいがいは知っている。そう、子供の頃に読んだ絵本に、海賊の帽子をかぶって包丁を持った、赤い顔をしたヤニューが載っていたよ。小鬼のヤニューとかなんとかいわれるやつだ。

「そんなものが、いるんですかね」

苦笑気味にいった。

「セントマリーにはいるんだよ」

「どんな姿なんですか？」

「どんな姿にもなる。人をかどわかし、人にとりつく。この島のどこかに棲んでいるが、どこに棲んでいるのか誰もわからない。人間よりも頭が良くて誰にも捕らえられない」

またしばらく沈黙があった。

俺は息子の死についての情報をもっと手に入れたかったが、なんとなくこの老人と話しても無駄なような気がしてきた。

「ヤニューにやられちゃおしまいよ」

老人は煙草をとりだすと美味《うま》そうに吸い、それからポツリと、「もったいねえなあ」といった。

「いろんなことがもったいないね。俺はね、実に長い間、ここの風景を見てきたが、もう潮時でよ」

「何が潮時なんです？」

老人の口元に笑みが浮かぶ。

「ここでの蛸とり稼業。二十年続けた仕事だがよ。ちょうど三日前に引退したんだ。歳だし、腰も痛いしね。ポートフェアに引っ越すのさ。ここはいい漁場だった。本当にいい蛸がとれる」

「ああ、そうなんですか」

ふと老人は思いついたようにいった。

「あんた。良かったら跡を継ぐかい？」

俺は老人の跡を継いだ。フジツボだらけの蛸壺をもらい、どこに持って行けば蛸を買い取ってくれるかを教わった。

今の生活のほとんどは老人から譲り受けたものだ。

6

どこまで話したっけ？

ああ、そう、それで崖の中の部屋を見つけて、そこで暮らし始めるところに繋がる。漁を始めて二週間目に見つけたんだ。

かなり完璧《かんぺき》な暮らしだった。

下では魚も貝も、蛸もとれる。トイレは海ですればいい。家賃も電気代も何もない。上の廃墟からは使える廃材が手に入る。

改めて考えると、とても奇妙な状況だ。

なにしろ息子の死体が転がっていた崖の下に毎日通い、そこでとった蛸を、息子が死ぬ前に五日間働いたホテル〈ブラハ・ビラージュ〉のレストランに納入しているんだ。そして、息子が落下した崖——まさにその崖の中にある部屋で眠る。いやはやまったく何の因果か……笑えるほど奇妙だと思わないか？

早起きして軽トラを駆って、ポートフェアの古物商のところへ、岩部屋の箪笥から見つけた金貨を鑑定してもらいにいった。

持参したのは一枚だけだ。

古物商の男は、俺の持ってきた金貨をピンセットでつまむと顕微鏡で眺め、棚から金貨のカタログが載ったファイルをとりだして熱心に見比べた。

「金貨といってもとんでもなくたくさん種類があるんですよ」古物商の男はファイルをめくりながらいった。「古代ローマのものや、アステカのものからつい最近のものまで」

「なるほどこれは」

「十八世紀のイギリスのものです。ほら、このコインの表に彫られている顔ね。これ、ジョージ三世っていってね。こっちのカタログのヤツと見比べてください。同じ顔でしょう。状態はまあ普通ですな。いったいどこでこんなものを見つけたんです」

俺は差し出されたカタログに載っているジョージ三世金貨の写真と、自分の金貨を見比べた。同じデザインだった。

「家の納屋から出てきたんですよ。死んだ祖父が収集していたやつでね。で、どうね、いくらぐらいになるかな」

古物商は笑みを見せた。

「納屋から？　幸運でしたね。でもこういうものはね、本当は値段なんてあってないようなものですからね。お客さんがいくらをつけて売るか、最終的には、誰がいくらで買ったか、ということですから」

「相場はどうなの」

「さてねえ。このあいだオークションでジョージの取引がありましたよ。そこでは……」

古物商によれば、そこではジョージ一枚に、俺の一ヶ月分の稼ぎとだいたい同じぐらいの値がついていたという。

「まあ、その値は、ニューヨークの話で、こんな小さな島ではとても買い手はつかんでしょう。どうです。委託ということにして、うちで預かって、海外のオークションに出してみますかね？　売れたときはそこからいくらか手数料をいただきますが……」

そりゃあ、よろしく、という言葉が喉《のど》まで出かかり、思わず金貨を差し出してしまいそうになったが、慌てて呑《の》み込んだ。別に今すぐ現金が欲しいわけではない。どんな値がつこうと売らないと決めていた。

「ちょっとききたいんだが、最近、といってもここ二、三年でいいんだけど、俺と同じようにジョージ三世を持ってきたお客さんっているかな。売りにきたにせよ、鑑定してもらいにきたにせよ」

古物商はすっと体を引くと、探るような目を俺に向け、少し間を置いてからいった。

「いますよ。はい。二年ほど前に二枚委託でとりましたね。それが何か」

「本当かね、持ってきた人は」

「名前やらは知りませんし、また知っていても教えたりできませんが」

「うん。俺の知り合いかどうか知りたいだけだから。それはよく日焼けした老人だった。少し変人風で、小柄で、鼻の根元に黒子がある」

古物商は頷《うなず》いて笑った。

「お知り合いの方かもしれませんね」

落ち着いてくると俺は思った。

金か。

ジョージ三世一枚が、平均的な島民の一ヶ月分の稼ぎ。数枚はあったから、買い手が現れて全て上手く売れたとすれば、だいたい七、八ヶ月の稼ぎをまとめた額を手にすることになる。大金ではあるけれど、別にそれで一生楽ができるほどではない。

二十年も前の俺なら、岩穴で見つけた金貨が相応の値段になると知れば、さっそく売り飛ばし、世界一の幸運を手に入れたように大はしゃぎしていただろうが、特に喜びは湧かなかった。

あの老人はジョージ三世を古物商のところに売りにきている。二十年もあそこで働いていたといっていたから、当然のことだが、蛸漁師の老人は、崖の中の部屋の存在を知っていた。家具を置いたのもあの老人である可能性が高い。

だがおかしい。去るときには、値打ちのある金貨なんか残さずに持っていくはずだ。持ち去り忘れたのか。あえて残した？　まさか。

7

俺はホテルの従業員が仕事帰りに立ち寄るパブの扉を開いた。

日ごろから声をかけ、何人か顔見知りの従業員は作っていた。カウンターにそうした連中の顔を見つけると、挨拶をして隣に座った。適当に世間話をした後に話をふる。

「ホテルが一番忙しいのっていつですかね」

「そりゃあクリスマスにサマーバカンス。あとは海賊カーニバルのイベントかな」

「バイトを雇う」

「雇うね。忙しいそのあいだは」

ホテルはカーニバルの繁忙期が終わったあとにアルバイトを一斉に解雇する。もともと五日間と決まっている短期の仕事だ。アルバイトの多くはティーンエイジャーか、ついこのあいだまでティーンエイジャーだった奴らだ。

さて解雇された後にはどうなるか。

打ち上げ会をやるのが恒例だという。

常連アルバイトの地元の青年が音頭をとって、さあ、どこかで騒ごうという話になる。仕事中に目をつけていた短期バイトの可愛い女の子と仲良くなるのが目的に違いあるまい。だが大勢の未成年が繰り出していける酒場なんてものはないから、車を持っている地元の奴らが、騒いでも部外者の邪魔が入らないところに案内する。

ホテル従業員の男はいった。

「俺はそんなものに行かないけどね。ガキに交ざって騒ぐにはいい歳だし、仕事もあるからね。まあバイト君たちはたいがい、砂浜か、高台の廃墟のあたりに行くよな」

「高台の廃墟？」

「いやね、地元の人しか知らんような廃墟があるんですよ、おじさん。今年の五月なんか、大変だったんだよ、そこの崖から落ちたバイト君がいてさ」

ホテル従業員の男は、ビールを喉に流し込む。彼は俺をただの蛸漁師のおじさんとしか思っていない。

「崖って、あのへんの垂直に切り立っている岬の崖？　そりゃ大怪我じゃない。うわあ、いやいや、死ぬんじゃ……？」

俺は内側の興奮を隠しながら、体をのけぞらせてみせる。男は頷く。

「いやいや、死にましたよ。まあ、どこか、よその町から稼ぎにきていた若者だったんで、そいつのことをよく知っている奴も誰もいなくてね。まったくはしゃぎすぎだってんだ」

別の男が笑いながら口を挟んだ。

「いい迷惑だよな。よそからやってきて、勝手に舞い上がって、勝手に落ちるんだから」

「やめた後でよかったよ。これ、就業中だったらまたホテルの監督責任とかになりかねないよ」

「ヤニューだな」

あの老人がいっていた悪霊の名だ。

「なんです。ヤニューって」

「なんだかよくわからない事件のことを、ここらではヤニューって呼んだりするんですよ」

悪霊が絡んでいるんだろう、という意味で。

「マティスだったっけ。レストランの厨房《ちゅうぼう》の若いのいるだろう。あいつはその晩、そこにいたっていってたな。あいつもいっていたぞ。ヤニューが出たって」

8

数日後に、彼らが話していたマティスという若者と酒を飲む機会に恵まれた。まあ、恵まれたというか、厨房勤務の彼の仕事時間が終わるまで外で待って、出てきたところで声をかけたのだ。

マティスは赤毛の青年だった。

俺たちはホテルから少し離れたパブに並んで座って、いろいろと話した。まず釣りの話をし、蛸の話をし、島の大統領の話をしてから、音楽の話をした。よい話を聞きたければある程度は打ち解けなければならない。頃合を見計らって話をふった。

「そういえばこないだ、誰だったかホテルの従業員がいっていたな。ほら、えっとマティス君はヤニューを見たことがあるんだって」

「ん、なんのことです」

「なんだか、今年の五月頃の高台の廃墟でさ、ほらみんなで青空宴会しているとき？」

「あ？　ああ！　それ！　きっついなあ。うん。ありゃ、確かにヤニューだった」

マティスは汚いものをつきつけられたかのように顔をしかめた。

そして俺が一番聞きたい話をしてくれた。

五月三十日の夜、あそこの崖の上には、主に繁忙期のパートタイム従業員だった男女十五人ほどが集まった。マティスもそこに交ざっていた（狙っている女の子がいたのだそうだ）。

十五人は一つの輪になっておしゃべりをしていたわけではなく、三つほどのグループに分かれた。

一つのグループでは焚《た》き火を囲んでみんなで歌っていた。マンドリンやアコーディオンを弾いている奴らもいた。何人かは、イベントが終わったばかりの海賊カーニバル用の衣装を身につけ、海賊に仮装したままだ。どのグループも大麻のジョイントをまわしていた。

「で、ヤニューってのが出た？」

「ヤニューというのは比喩《ひゆ》的に使っているだけで、そのとき実際に出てきたのは、妙なじいさんなんですよ」

妙なじいさん？

「みんなで騒いでいたら、どこからともなく現れたんです」

「ほう」

俺は困惑をおぼえながらきいた。

「誰だねそいつは？　知っている奴か？」

マティスは、首を横にふった。

「どうっすかねえ？　浮浪者っぽかったりもしましたけど。あのあたりには民家とかないですから。幽霊でも出そうな廃墟が近くにあるばかりで。もしかして悪霊かも」

崖の上の広場で騒いでいた若者たちは、暗がりから突然現れたじいさんに、さぞやうんざりしたことだろう。

十分に騒げると思ってせっかくこんなところまで来たのに、邪魔されるのかと。

じいさんは、帽子をかぶっていたので顔はよく見えなかったという。ひどく立腹していて、杖《つえ》をふりまわして襲《う》いかかってきた。

「ガキどもは、とっとと失せろ、失せろ！」

みんな逃げまどった。

「おじいちゃん、わかったから、落ち着いて。俺たちもう行きますから」

別の誰かが嘲《あざけ》りの言葉を投げた。

「てめえが失せろ、じじい、バーカ」

「いいよ、やめろよ行こうぜ」

じいさんはわめく。

「今いったのはどいつだ。出てこい」

グループはうやむやに解散した。男女ともにわらわらと車に乗ってその場を離れた。去り際に車の中からじいさんを挑発する言葉を吐くものもいた。じいさんは悔しそうに杖をふりまわした。

でも全員が一斉に立ち去ったわけではない。車は四台あった。茂みで小便をしていたとか、じいさんが暴れているのを横目で見ながら仲間どうしの議論に熱中していたとかで、タイミングを外して四台の車のどれにも乗り遅れたものが数人いた。

マティスとその友人。そして俺の息子が逃げ遅れた面子《メンツ》だ。

俺の息子は眼鏡をなくしたらしく、地面を捜し回っていた。暗闇だからなかなか見つからない。

「ねえ、このへんに眼鏡なかった？」

マティスは息子からそうきかれたという。

マティスがあたりを見回すと仲間たちはもう誰もいない。少し離れたところで、件《くだん》のじいさんがぶつぶつと悪態をつきながら若者たちがそのままにしていった焚き火の燃え残りに、灰をかけて消している。

「いや、見なかったけど。みんな行っちまったし、俺たちも行くぜ、君はどうする」

息子はマティスのほうを見ないで呟いた。

「おっかしいなあ眼鏡。暗くてさあ」

マティスは息子をそのままにして、友人と一緒に足早にその場を離れた。


マティスが崖で体験したことはそれだけだ。

結局彼は息子が落ちて死ぬところまでは見ていなかった。

「いや、だからあの子も後から一人で帰るだろうと思っていましたから。まさか翌朝に崖から落ちて死んでいるのが見つかるとはねえ」

「その間抜けな子は、じいさんを抜かせばその場に残った最後の一人だったのかね」

「たぶん、俺が見た限りでは、そうでしたけど。何があったんでしょうね」

「ところで、そのへんの話は警察にはしたの？」

マティスは悪びれもせずに首を横に振った。

「特にきかれていないですから。自分から話しに行くのもなんだかね。そのとき大麻を持ってきたりしていた奴の親が警官なんすよね。他にもセントマリー市議の娘とか、就職が決まったばかりの子とかいたしね。たぶん警察もだいたいのことはわかっているけれど、あんまり明るみにだしたくないんじゃないすかね。まあ俺らも面倒くさいのが一番嫌ですから」

マティスとは二時近くまで酒を飲み、店の外で別れた。会計のときに財布からジョージ三世金貨がうっかり零《こぼ》れ落ちてしまい、まずいことにそいつをマティスに見られた。

「なんすかそれ。古い金貨じゃないすか」

「祖父に子供の頃にもらってね。お守りにずうっと財布に入れているんだよ」

俺は適当にごまかした。

見せてくれと頼むので、見せてやる。

古物商に持ち込んだやつをそのまま財布に入れっぱなしにしていたんだが、思えば、その晩のマティスの話はずいぶん貴重だった。これ以上の話はもう誰を誘っても聞けないだろう。

「記念にやるよ。家にまだあるからさ」

マティスは困惑したが、俺がいいからとっとけというと、礼をいって受け取った。

「そういえばおじさん、なんか、今日途中からえらく沈んでましたけど、どうかしたんすか」

ちょっと夕飯が胃もたれしただけさ、と俺は答える。

夜が明けるまで、歩いた。

俺は胸の内でマティスとの会話を何度も反芻《はんすう》した。

俺に蛸漁を譲ってくれた老人の顔が脳裏に浮かぶ。

あの晩、蛸漁師の老人が酒でも飲みながら崖の中の部屋で寝ていたとするならばだ——上が騒がしかったので、杖を持って若造を蹴散《けち》らしに出て行くことは十分にありえる。ほとんどみんなが立ち去った後で、どこかに落とした眼鏡を捜してうろうろしていた息子が老人の視界に入る。老人は杖をふりまわし、息子は困惑しながらあたふたと逃げる。崖から落ちて死んでしまったのは予想外だった。老人は少し怖くなり、もうこの岬を離れようと思う。

老人は崖の下で俺と会ったときに、こいつは崖から落ちた子供の親に違いあるまいと直感する。部屋は老人だけの秘密だったけれど、蛸漁を俺が継げば、部屋を見つけるだろうことを想定して、自分が生活した痕跡《こんせき》を部屋から全て消した上で、僅《わず》かながらの贖《しょく》罪《ざい》の気持ち——もしくは自分自身の罪悪感を紛らわせるために、金貨を残しておく。親のあんたにはすまないことをしたな、慰めにとっておいてくれと。

つまり犯人は……いや。

ただの想像で、誰かのせいにするのはやめよう。

結局俺がつきとめた事実を総合すれば、犯人などいない。息子が間抜けだったのだ。息子は酒を飲んでいて、場合によっては大麻をきめていて、あたりは夜闇で視界が悪く、眼鏡もなかった。

警察が事件の全容に辿りつくのは容易なはずだが、きっとマティスのいう通りなのだろう。よそからやってきて勝手に死んだ一人の間抜けのために、そこにいた自分の子供やその友達の人生を台無しにすることもない。

9

息子が死んだ崖まで到着したときは、ほとほと疲れきっていた。

廃屋を横目に、鉄格子を外し、真っ暗な地下への階段を手探りに下りて、崖の中の部屋に帰る。夜明けの光が空にさす頃に岩穴に戻ってくるなんて、蝙蝠《こうもり》になった気分だ。


夢の中。

夜明けとも夕暮れともつかない紫色の空を映した鏡面のごとき水面に、一艘《そう》のボートが浮かんでいる。

俺とヤニューは、そのボートに向かい合って座っていた。

オールのひとこぎで水に波紋ができる。どちらを向いても見渡す限りの水平線だ。

ヤニューは人の良さそうな中年男の顔をしていた。農夫が農作業のときに着るような服を着て、ゴム長靴をはき、その恰好には似合わず葉巻を吸っていた。人間ではなかった。顔は朱色だったし、額から小さな角が二本突きだしていた。

「これまでいろいろ誤解があったり、遠回りしてきたわけだけどさ。こうしてあんたとお話しする機会が持てて嬉《うれ》しいことだよ」

ヤニューは穏やかな様子で煙を吐いて、照れたように笑った。黒く尖《とが》った歯が見えた。

「あなたは」

「やはりおぼえておらんかね。昔から夢の中で何度も会ってるんだがね。人間は目を覚ますと全部忘れちまう」

「ヤニュー？」

「そう呼ぶものもいる。まあ怖がることはない。さあ、時間もあまりないけれど、いろいろ話そう。金貨のことや、それに息子さんのことも」

ヤニューは少し身を乗り出すと、同情したような顔で頷いてみせた。

俺は慎重に、そして曖昧《あいまい》に「金貨は、別に、どうということもない」と答えた。

「どうということもない？　そんなことなかろうがね。あんたね、人が良すぎるよ」

朱色の顔は、ふうとため息をつく。

「ジョージ三世な。あんた何か勘違いしているだろう。〈老人の贖罪の気持ち〉だとかな。そんな酔狂な奴がいるもんかね。せいぜいが〈口止め料〉だろう。

無論、奴は財宝を見つけ、その大半を持ってどこかに逃げ、あれだけをわざと残した。なぜ残したのか？　もう一度考えてみな。持たざる人間が宝を見つけるとね、自慢したくて自慢したくて仕方がなくなるんだよ。あんたも人生長いんだ。ずいぶんたくさん虚栄心まみれの奴らを見てきただろうが、これに関しては誰だってなかなか例外にはなれない。あの老人はね、あんたが金貨を見つけることを予測して、〈おまえことによれば俺を侮っていたかもしれないが、ところがどっこいだ。一部残しておいてやるからよく見るがよい。金なんざはな、ポートフェアみたいな都会でいい気になっているおまえらなんかよりは持っていたのよ、へへへん〉といいたかったんだ。な」

　俺は息苦しくなって視線を水平線へ逸《そ》らした。そうではない、と思ったが、そうではない根拠を示せなかった。

「どうしてそんなことがわかるんだ？」

「そりゃ、俺があの老人と仲良しだったからだよ。うむ。あの老人は、金貨を少しだけ売りはしたが、見つけた宝を全部売るつもりはなかった。というのは、特に金には困っていなかったからだ。だいたい海賊の宝なんてものを派手に売れば、文化財保護法やらなんやらで、全て国に没収されてしまう。そういうこともわかっていた。それに老人はね、変に現金を手に入れて、長くしてきた生活のリズムを狂わせるよりも、本当の自分は大金持ちなのだという妄想（いや妄想ではなく事実かもしれんが）に浸って、お宝を眺めていられればそれでもう十分満足だったんだ」

　ヤニューはそこでくすりと笑った。

「でもあんたには自慢したくなった。そう、あんたがマティスにしたようにな」

「それは違う」

「違わないさ。人に見せない宝なんて持っていないのと同じだから」

　一瞬、ヤニューの言葉の通りだという気になったが、認めたくはなかった。

俺はオールを漕《こ》ぐ。少し先にブイが浮いていた。ブイに寄せてくれ、とヤニューはいった。

「世の中はあんたに何もしてくれていないだろう？　子供の頃からだよな？」

俺は、「別にそんなことはない」と小さな声でいった。

「ああ、ちょい待ち」

ヤニューは手を伸ばすとブイを摑《つか》み、水面下に伸びているロープをずるずると引いた。水中にゆらりと人間が浮かび上がってくるのが見える。あちこちが膨れ上がり、肉が蟹や小魚にやられてぼろぼろになった水死体の男だ。

「あ、おい、なんだ」

俺は抗議の声をあげたが、ヤニューは気にすることなく、水死体の上半身をボートの縁にあげた。水死体は両手、両足に手錠、足かせをつけられていて、ブイから伸びたロープは手錠に繫がっている。

ヤニューは水死体の顔の、かつては眼球があったが今は二つの洞窟になっている部分に、先が鉤《かぎ》状になっている金属の棒を突っ込み、蛸を引きずり出した。ヤニューは俺に片目を瞑ってみせると、口を大きく開き、蠢《うごめ》く蛸を放り込んだ。死体を水に戻す。死体は静かに底へと沈んでいく。

改めて見渡してみれば、無数のブイが視界の先まで浮かんでいる。まるで養殖だ。

ぐちゃぐちゃと咀嚼《そしゃく》しているヤニューの口の端から蛸の足がはみ出ている。見ている間に引っ込む。

　俺はなんとなくポケットに手をやった。何か自分の境遇の手助けになるものはないかと無意識に探ったのだが、手ごたえがあった。

　蛸を食べ終わったヤニューはまた葉巻を吸う。

「あんたが仕事している海ではずいぶんいい蛸がとれるけど、水面の下には何もないなんて思っちゃいないよな。あの老人の二十年間の本当の楽しみが、蛸をとることや、お宝を眺めることだけだなんて思っていないよな」

「冗談だろ」

「岩の中に部屋があって人が住んでいるなんて誰も知らない。あんたが思っているよりもずっと簡単な話さ。老人は『跡を継げ』といっただろう。蛸漁だけの話じゃない。この俺と組めばな……意味のある人生を手に入れられる」

　人を殺す。海に放り込む。人肉を食べた蟹で育てた蛸を高級ホテルに納入し、それを食べる観光客を嘲笑《あざわら》う。

　俺はヤニューのいっていることを察して黙った。ヤニューは教師が生徒に褒美をあげるかのように繰り返す。

「あんたには意味のある人生を手に入れる資格がある。他の多くのものを失った人だけが、手に入れることができる。俺はあんたが好きなんだ。世界があんたを見捨てるなら俺があんたを拾う」

ヤニューはくすくすと笑った。

「さあ、目を覚まし、残りの人生を楽しもう」

俺は勇気をだしていってみた。

「そんなことをしても誰も喜びやしない。死んだ息子を含めてな」

「蟹が喜ぶだろうが！　蟹が増えれば蛸が喜ぶだろうが！　海からとるばかりでなく、海に与えてみろ。いや冗談だよ。あんたは本当にばか正直だねえ。もちろん無理にとはいっていない。無理にとはな」

俺は目の前のくたびれた農夫風の魔物と話しているうちに、徐々に、親近感、あるいは友愛の情のようなものを抱き始めていた。奴がとんでもないことを喋《しゃべ》っているのに拘《かかわ》らずだ。それがこいつの魔力なのだとしたらこれほど恐ろしいことはない。

だが、ここが肝心なところだが、それでも俺は奴の言葉に耳を貸す気はなかった。

夢の中の俺は、ポケットの中のものを握り締める。とりだすずともそれが何か俺は知っていた。息子がくれた貝殻の魔よけだ。現実にはその魔よけはとうの昔にどこかにいってしまっていたがね。

貝殻の魔よけはぼうっと温かく、確かな魔力が手に伝わった。

「信用できないんだ」

「信用なんてしなくていいよ。ただな、こうやっていろいろ話せば、一人で考えているよりも、いろんなことが見えてくる。違うか？」

俺はポケットから貝殻の魔よけをとりだすと、魔物に投げつけた。

「消えちまえ！」

ヤニューは目を見開き、俺が投げつけた呪物を顔の前でさっと摑んだ。熱した鉄板に水をかけたような音がして、奴の手から煙が出た。でも、奴は顔色を変えずに、手を開くと哀しげな瞳《ひとみ》で魔よけを眺めてから、ため息をつき、水面に放り投げた。

「そうかい。わかったよ。わかった。もう今日は時間もないしな。あんたの気が変わるか少し待ってみよう。また時間を置いてからくるよ」


崖の中の部屋だった。

岩の天井に、朱色の顔が浮かんでいる。

だが朱色はすぐにくすんで、茶色になり、目鼻も曖昧になり、ただの天井の薄汚い染みになった。

ただの夢だったとは到底思えないが、俺は毛布のぬくもりの中にいた。全身に汗をかいていた。

ベッドから体を起こすと、小便でもしようと階段を上がり、鉄格子を押しのけて外にでた。二日酔いで頭が痛い。目が腫《は》れぼったい。

空は見渡す限り厚い雲に覆われていた。ぼんやりとあちこちが金色の光に染まっている。小便を終えて、伸びをした。

ふらふらと歩いていると、車の排気音がしたので廃墟の陰に身を隠した。

枯れ葉を踏んで誰かが歩いてくる。

「マジかよお」続いて笑い声。

「ホントだって。ホテルに蛸を納入しにくるおっさんな。絶対このあたりで金貨を見つけたんだよ。あの親父の軽トラこのへんにとまっているの見たもん。だいたいさあ、気前よく人にくれるってのは、よっぽど持ってるってことの裏返しだろ」

声におぼえがある。崩れた壁の陰からちらりと覗くと、赤毛の青年……マティスだった。マティスとその友達で合わせて二人。友達はマティスと似たような雰囲気の若者だ。

「いや、でもここで金貨見つけていたとしても、普通ならもう全部自宅に移してるでしょ」

「それが案外あの親父、このへんに住んでいるかもだ。ここに来る坂道を歩いているのを見かけた奴がいるからさ」

「いたらどうするよ」

「ちょっと痛めつけて吐かせるか」

「うひゃあ」マティスの友達が噴きだした。「マティス、おまえ今の発言、警官の息子とは思えねえ。うひゃあ」

「警官の息子ならではといって欲しいね。それで金貨ざくざく入るんだったら、どうでもいいでしょ。こういうの、なんつうんだったっけ。必要悪？」

「でも、おまえよくここにくるよな。怖くねえの？」

「幽霊が出るとか？　あのバイトのメガネ君の？　あのメガネ君のなんか出ても別に怖くないだろ。そういえば金貨のおっさんと昨日話したときね、妙にメガネ君の死に興味をもっていたよ。きっと自分じゃわかってねえんだろうけど、表情に出ているわけね。なんだろうね。まあ俺には関係ないけど」

　マティスの友達は、からかうような口調で咎《とが》める。

「関係なくねえだろ。あのメガネ君は、おまえが殺したようなもんじゃん」

「いやちょっと待った！　違う違う。それ人聞きが悪すぎ」マティスの声にはしゃいだ調子が交じる。「俺があの晩やったのってそんなひどいことじゃないよ。眼鏡ない？とかうっとうしくきいてくるからさ。あっちにあったよって崖のほうを指した……そ れだけだよ。それで崖から落ちちゃうのって自業自得でしょう」

「よかったなあ、みんな帰った後で。目撃者が俺だけで」

「今日の目撃者もオマエだけ、か。金貨、金貨。もしも奴からせしめたら、半分はオマエにやるからさ。口止め料で。でもさあ、やっぱりカレの死については、俺悪くないんじゃないの」

「そうかあ？」

「まあ、切り株のところに置いてあった眼鏡、放り捨てたのは俺だけどな」

奴らはしばらく楽しそうに話していたが、途中で二手に分かれた。小便タイム。マティスはそういうと崖の縁《ふち》に立った。俺の目の前、五メートルほどのところで、俺に背を向けてな。崖の上から小便すると気持ちいいんだ。俺もよくやる。

10

俺が話したことは全部真実だ。

何回、同じことをきくんだ？

俺は誰も殺していない。

むしろ、俺はおまえたちを救ってやったんだ。やろうと思えば、俺は殺人鬼になることもできた。その誘惑をはねのけたんだから褒めてもらいたいね。

マティスはどうして死んだのか？

足を踏み外して死んだんだ。ただそれだけだ。俺の息子と同じだよ。

俺は挨拶でもしてやろうと、ものかげから一歩を踏み出した。

奴がこちらを振り向こうとした瞬間、バランスを崩して落ちた。

落としてやろうなんて思いもしなかったね。まあ、足音にびっくりしたとかそういうことはあるかもしれんけどな。小便の最中に慌ててしまった……ただの事故だろう。

俺は夢の中でさえ、ヤニューの囁《ささや》きに耳を貸さないほどの、善良かつ誠実な人間だから、こうしてすぐに警察に届けでた。気の毒だよな、本当に。

ああ、マティスはあんたの息子か！

うん。そういえば似ている。あんたも赤毛だもんな。

わかるよ。

息子を失った親の気持ちは、ようくわかるからさ。

これもヤニューかね。

あの悪魔はどこかにいるんだ。彼方《かなた》の闇の中で俺をじっと見ている。

だから……。

もしも……今ここであんたたち警察が、証拠もないのに、やってもいない犯罪で……つまりオマエがマティスを突き落としたんだ、とかいい始めてな……俺をしょっぴいたとすれば、だ。あんたたちの誠実な味方である俺をしょっぴいたとすれば、だ。

そりゃあ、俺なんかが抵抗しても敵《かな》わないだろうから裁判の後に刑務所にでも入ることになるかもしれん。

でも何年か、何十年か、いつか外に出てくる。その時には、ヤニューは再び俺の前に現れて、「さあ、少しだけ待ってやったが、そろそろ行くかね」と囁くだろう。そうなったら俺が何を選ぶかはもうわからんな。

いいや、何一つ脅しちゃいないよ。
先のことはわからない、といっているだけだ。

まどろみのティユルさん

1

男は目を開いた。

彼方《かなた》の空で発達した積乱雲が、形を崩しかけている。緑の葉を茂らせたパンの木が何本か立っている。

男は視線を動かした。野原に白い花がぽつぽつと咲いている。半ば崩れた石壁が影を伸ばしている。

ずっと永い眠りの中にいた。夢の中の景色なのか、夢の外の現実にいるのかよくわからない。

どうもおれは野原に身を横たえているらしい。

立ち上がろうとしたが、体は動かなかった。体など存在しないようだった。男は自分の状態を確認した。首から下の大部分は灰色の土に埋まっていた。地面に寝転がって、その上に泥をかけて踏み固めたような感じだ。

嘆いたり、騒いだりする気力はなかった。そうしたことは面倒《めんどう》だった。おれは埋まっている。だからどうした？

男は目を閉じた。

心地よい闇の眠りへと沈んでいった。


次に男が目を開くと積乱雲はなくなっていた。澄み切った夜空に星が敷き詰められていた。

積乱雲のときに比べて風がだいぶ冷たかった。視線を巡らすと、葉を散らしたパンの木と、崩れた石壁が目に入った。

同じ場所だ。

冬になっている。ずっとここで眠っていたらしい。

今度は目を閉じるまでに少し時間があった。

男は冷たい星の輝きを眺めながら、己の名を思い出そうと試みた。母らしき顔が瞬間浮かんだ。続けて、人生を通り抜けた無数の顔が頭に浮かぶ。相変わらず身動きできなかった。やがて自分の名を思い出した。

月が沈む。日が昇る前に意識が途切れた。


男は同じ場所にずっといた。眠り、目覚め、眠る。身動きできないので食事はできない。時折、漠とした飢えのようなものを感じるが、すぐに消える。飲まず食わずでも特に不都合はなかった。

雨が降ると体が冷える。体の中が水でいっぱいになる。気持ちがいい。太陽が昇ると、水分が蒸発する。これもまた気持ちがいい。

光と水と土が体の中にある。


よく晴れた午後のことだ。

気配がして首を巡らすと、鼻歌交じりに、崩れた石壁の陰から凧《たこ》を片手にもった少年が姿を現した。

ここに人が現れたのは初めてのことだった。

男は少年を観察した。東洋人のようだ。少年は男の視線に気がつくと驚きの声をあげた。

「人間が埋まっている！」

男は首を横に振った。

「こんにちは」

「喋《しゃべ》った」少年は呟《つぶや》いた。「どうしてここに埋まっているの？　失礼ですが人間？」

「わからない」男は答えた。確かにかつては人間だった記憶はあるが、今も人間なのかわからない。「ただこういう存在だ」

「ぼく凧を拾いに来ただけだったんだ。邪魔してごめんなさい」

少年はくるりと踵《きびす》を返した。

「待ちなさい」

「なんでしょう」少年は顔を戻す。

「おれはどんな風に見える？　どういう状態に見える？」

少年は、状態ですか、と首を傾げた。

「途中まで彫りかけて作者がいなくなった石像みたい。岩から、浮き出ています。なんだか、半分植物のようにも見える……。木の根に似たものが、首や、肩のところに浮き出ていますね。全体的に灰色です」

男の認識と同じだった。男は満足して頷《うなず》いた。

「ずっと埋まっているんですか？」

「そのようだな。君の見た通り、おれは半分植物になっているようだ」

「どうしてそんなことに……」

「おぼえておらん」

「これからも、そのままなの？」

「わからんけどな」男は空に目を向けるといった。「おれはこれから少しずつ離れていく……最後には外に出るつもりだ」

「誰か呼ぶよ」

「それだけは勘弁してくれよ」男はいった。「おれは今、平穏な状態なんだ。かき乱さないでくれ。それに誰かに掘りおこされて外に出るんじゃない。蛹《さなぎ》が蝶《ちょう》になるのと同じだ。自分の力で自然にそうなるんじゃなければダメだよ。人なんか呼んでも何にもなりゃしないよ。弱いものいじめが大好きな連中がいるだろう？　抵抗できないとわかったら俄《にわ》かに活気づく奴らが。そういう下賤《げせん》な輩《やから》が、おれが身動きできないのをいいことに、ありとあらゆる嫌がらせをしてくるってのがわかるから」

「かもね。おじさん、名前は？」

「ティユル」男は呟いた。「おれはティユル・スノピタ」

「ぼくはタカシ。またくるね」


意識が途切れる。

眩《まばゆ》い光の中、波をきって進む船の甲板に立っている夢を見た。夢の中の自分は若く、周囲に仲間たちがいた。

「ティユル」

鋭い眼差《まなざ》しの男が刀を渡す。若きティユルは刀を受け取り、感嘆の息をついて眺める。刀身は湾曲し柄には真っ赤な宝石が嵌《はま》っている。

「傷は男を育て、男の顔をつくる」

鋭い眼差しの男はいった。見れば刀を握る自分の手が血に染まっている。

足音と話し声が近づいてきたので目を開いた。

以前、タカシと名乗った少年、そしてその隣に彼の友達らしき男の子が立っている。

「ティユルさん、これぼくの友達」タカシが、隣にかしこまっている男の子を指した。

「どうも」友達はいった。「タカシの友達のロブです。この丘の下にある町の子供です」

「な、ロブ。本当だったろう？」

ティユルはタカシを睨《にら》みつけた。

「人にはいわないでくれよ、といったろ」

「信頼できる友達だよ」

「秘密というのはそうやって広まっていく。もうこれ以上は広めないでくれ」

「こんにちは」ロブがおずおずといった。「あの、ぼくが人にいわなければもう大丈夫だよ」

「頼むよ。本当に」

「ほら、ロブ」タカシはロブを促す。「本当に木みたいだろう？」

「万物は流転するんだ。石になったり、木になったり、水になったり、風になったり」

ティユルは呟く。「木みたいだから、なんだ？」

「あんまり怒らないで」タカシはすまなそうにいった。

「ねえ、こういう話、知ってる？」ロブが近くの倒木に腰掛けた。「昔、十歳ぐらいの女の子が遠足の途中に行方不明になった。それから一ヶ月ほどした頃、島の西海岸のほうでその女の子が立っているのが発見されたんだ。墓場の裏手の丘だったって。女の子は一歩も歩くことなく、身動きもしないで電柱の真似でもしているかのように、ただ立っていた。通りすがりの人が不思議に思ってそこで何をやっているのかときくと、娘は自分の名前をいい、家族やみんなを呼んで欲しいと伝えた」

「それで」

「騒ぎになった。警察がきたけれど、女の子はやはりそこから動かない。その娘の両親は知らせを聞いて大急ぎでやってきた。病院も、新聞記者も、大勢の野次馬も、娘が立っているところに集まった」

ロブは一息ついていった。

「両親が姿を現したところで、娘はいった。〈私は殺されたのよ。私を殺したのはお母さんよ！〉そして母親を指差すと、ふっと消えた。娘が立っていたところを掘り返すと、女の子の服を着た白骨死体が埋まっていたんだって！」

ロブは大きく目を見開いて、タカシとティユルに視線を向け、反応を求めた。

「ああ、やだやだ。怖いねえ」タカシは眉《まゆ》をひそめた。「でも、みんなの前でばらされて、ざまみろって感じじゃない？」

「オルリーから聞いたんだ。オルリーが子供の頃に本当にあった話だって」

「それで？　死体が見つかってどうなったんだよ」

「おいおい」ティユルが加わった。「その話に、それで、はいらんだろ。ご想像におまかせしますで終わるところがいいんじゃないか」

「そうかな。ティユルさんは……」タカシが話を向ける。「どうしてここに？」

「おれか？　おれはただこうしているだけさ。その娘みたいに、誰も呼んだりはしないよ。なあおまえら、おぼえておけよ。相手のことをよく知りもせずに〈あの人はこうだったから、この人もこうなんだろう〉と考えるのは失礼ってもんだぜ」

「ねえ、雑貨屋さんがジュースくれたんでもってきたけど、ティユルさん飲む？」

「もらおう」

タカシはおずおずとティユルの口にジュースを流し込む。ティユルは微笑み、感嘆の声をあげ、涙を一粒流した。

「子供たちよ。ありがとう。うまいな。いや、うまいというより驚きの味だ」

ティユルは口のまわりをペロリと舐《な》めた。

「おれはな……想像つくだろうが、こんな甘いものなんかめったなことでは飲めない。鼻に近づいただけでパインのジュースだってわかったぜ。舌がもう味を忘れていてな。口にするとこれがまた強烈も強烈。ああ、こんな味をしていたんだ、という驚き、そして、あのまったりと甘いパインが液体となって流れ込んでくる驚き。最高だった」

ロブもジュースを口にやった。

「きっといつか自由になりますよ。幽霊の娘の話は、なんとなく思い出したんで話しただけだから」

ティユルは頷いた。

「まあ、別になんだってかまわんよ。ここだけの話だが、おれは神様だ。こういう状態で、出会った人間がどんな行動をするのか、じっくりと見て、良いことをしてくれたら後で恩返しをしてやるんだよ」

2

子供たちが去ると、ティユルは暮れていく空を見上げた。一人になると寂しいような落ち着くような、不思議な気持ちになった。

あたりにピンクがかった光が降り注いでいる。夕暮れには草木がほっとしているのがティユルにはわかった。大地のリズムに体全体が影響を受けている。

目を瞑《つぶ》った。

ティユルは海賊船の船長だった。

セントマリー岬に船を隠し、商人の船が現れれば、襲い掛かった。

崖《がけ》の上の邸宅に住む貿易商に奪い取ったものを売りつけ、日々を暮らしていた。

たくさんの人間を殺した。ティユルに生意気な口をきいた部下の水夫は、鉄の棒で滅《め》茶《ちゃ》苦《く》茶《ちゃ》に殴られた後、海に放り捨てられた。港でナイフを振りかざし向かってきた男はピストルで撃ち殺された。一度、とてつもないあばずれの娼婦《しょうふ》とつきあった。娼婦はティユルの金を盗んだあげく、ティユルを殺そうとしたので、沖に連れていき海に放り捨てた。

罪悪感はさほどなかった。殺さなければ食べていけない。殺さなければ殺される。港を浮浪児同然に駆け巡っていた幼い頃から、世界はいつも争いに満ちていた。

ある日、襲い掛かった船に、不思議な男が乗っていた。

髪の毛が生えておらず、耳たぶが両方とも二つに裂けていた。灰色の目をしていた。男は甲板に手をついて降伏の意を見せた。襲ったのはイギリス船で、みな英語を話していたが、その男はフランス語を話した。

「私の名はソノバと申します。どうか、私を助けてください。そして、私をあなたのそばにおいてください。自分でいうのも何ですが、私は使えます。私はあなたの運命を良い方向に導くことができます」

「奇妙な奴だな。この船の水夫か？」

「いえ、たまたま客として乗り合わせていたものです。友人に会いに行く途中でした」

他の客や水夫たちは次々に海へ放り込んでいた。このソノバという男だけ例外ということがあるだろうか。ティユルは甲板に伏している男を見下ろしながらいった。

「使えるなら、考えなくもない。できることをいえ」

「多くの言葉が喋れます。私がいれば言葉の通じないものと話すことができます。私がただ命乞《いのちご》いをしているだけの役立たずとわかったときには、殺してもかまいません」

「では、様子を見て、しばし生かしておこう。どこから来た？」

「出身はアフリカです。アラビア海のほうから、長い旅をしてインドネシアを巡ってきました」

「それはまた、ずいぶんな人生だな」

「冒険をしてみたり、頼まれた仕事をこなしたり、会いたい人に会いに行ったりしておりますと、なんだかこれがもう、よくわからない人生になってしまいました」

まだ飛行機のない時代だった。彼のような男をティユルは知らなかったが、世の中にはいろいろな奴がいるものだと思った。


ソノバは恐ろしいほどに有能な男だった。英語も、フランス語も、スペイン語も、ポルトガル語も、中国語も、ティユルの知らない島の言葉も話せた。

貧弱な体で腕力はなかったが、視力は、望遠鏡をもった船乗りよりも良く、数キロ先の船や、島影、嵐の雲に即座に気がつき知らせた。

船を襲うときは、まずソノバがその船の国籍を確認し、それにあわせた言葉で声をかけ、交渉した。ソノバが船にやってきてから最初の襲撃は、彼の交渉のおかげで誰も血を流さずに積み荷を奪えた。

次の襲撃も言葉の通じぬ船だったが、ソノバの降伏勧告と説得により、再び双方誰も死なずに積み荷を奪うことができた。

何か考えがあったのかソノバは逃げなかった。裏切りもしなかった。金貨をちょろまかそうともしなかった。

ティユルはソノバが船に馴染《なじ》んできた頃、船室に呼びつけていった。

「逃げようと思えば逃げられるが、逃げないのか」

「逃げませんよ」ソノバは平然と答えた。「逃げたら追ってきて殺すのでしょう?」

「まあ、いちおう捕虜はその決まりだ。だが、たいがいの男は逃げたところで異国の地だから行くべき場所もなく路頭に迷う。だがおまえは違う。どこに行こうとおまえなら上手《うま》くやるだろう」

「私は去るときには逃げたりせずに、きちんとお別れをいって去ります。こんな荒っぽい船に乗っているのもなかなか楽しいから、いるのですよ。ここには差別がない。私はその点でここを気に入っています」

「面白い奴だ。ではおまえが去るときは、きちんと送り出してやるから、挨拶《あいさつ》をして出て行け」

ティユルはソノバの能力を高くかった。なるべく表情に出さないようにしたが、ここまで優秀で人並みはずれた人間を他に知らなかった。自分の部下にソノバがいる——この事実だけで、自分も、また自分の海賊団も、上等で特別なものに思えてくる。ソノバに感銘を受けたのは船長のティユルだけではなかった。

奴隷の処遇や、襲撃の段取りなどに、彼なりの倫理を貫こうとして周囲とぶつかることはあったが、ソノバは嘘のないまっすぐな生き方をしていた。

みな彼を賞賛しながら噂をした。

「キャプテンにまっこうから意見して、お咎《とが》めがないのはソノバだけ」

「ソノバがきてから、仕組みがどんどん変わっていく」

「ソノバはおれたちをおれたち以上のものにした」

ほんの二ヶ月のうちに、ソノバは海賊団での地位を昇り詰めた。参謀相談役という、副船長と同格の地位になった。

「無駄なくきれいな戦いをしましょう。最小の犠牲で最大の効果を。それがただの略奪だとしても、醜い戦いは許しません」

彼を生かして、自分の仲間にしてよかった、とティユルは心の底から思った。

ティユルは読み書きが不得手だった。ソノバを自宅や船長室に呼び、他の船員に知られぬようこっそりと教わった。

「フランス語ですか。かまいませんが、キャプテン本人ができなくとも、読み書きのできるものに命じればよいのではないですか」

「常にそういう奴が近くにいるとも限らないだろう。本を読んでみたいのだ」

ソノバは教えるのもまた天才的に上手かった。紙とペン、どこかで手に入れたフランス語の本に加えて、教材を使って、ティユルにどんどん読み書きを教えていった。

ティユルは読書に目覚め、最初は児童向けの本から、一冊、二冊と本を読破していった。


ソノバがやってきて二年ほどが過ぎた。ある夕方、波止場にある事務所のランプの下で、ティユルはソノバにきいた。

「おまえは人間か？」

ソノバは笑って頷いた。ティユルは特上のワインを勧めた。ソノバはグラスを受け取ると一口舐めた。

数年間、同じ海域で小競り合いをしていた他の海賊団と自分たちの海賊団が、ソノバの数ヶ月の根回しで協定を結び、一つにまとまったのだった。いがみあっていた全員が一堂に会し、団結を誓った。

「誰も為《な》し遂げられんことを、おまえはこともなげにやる。おまえのような人間を他に知らん。おまえの才覚は、まるで神か、悪魔だ。ただの人間ではないだろう？」

「買い被《かぶ》りすぎですよ。いくつかのことがたまたま上手く運んだだけです。世の中には私など及びもつかない人物がいくらでもおります」

ティユルはソノバの言葉を遮り、彼の髪の毛のない頭を指した。

「謙遜《けんそん》はいい。おまえはここだ。力自慢や、ものすごく泳ぎの上手な水夫がいるように、おまえはこれが違う。最初から、頭がいいのか」

ソノバは微笑んで頭をかいてみせた。

「どのような人生を送ってきた」

「一言では難しいですね。私はアフリカの北方民族の出なのですが、そこでも浮いていまして、なんでも祖先はオンという土地から流れてきたと聞いております。もともと家は裕福で、まだ子供の時分にたくさんの知識を求めて欧州に留学しました。貿易商や海軍につき、通訳、奴隷、道案内、教員、無数の職業を、渡ってきました」

「誰もがおまえを手元に置きたがるだろうな」

「そうでもないですよ」ソノバは首を横に振った。「すぐに解雇されることも、ままありました」

「おまえは世界中にたくさんの知り合いがいるのだな？　友達が？」

「たくさんではありませんがね。訪ねていって驚かせるのが好きなのです。もっともこちらが友人と思っているだけで、向こうがそう思っていないことは多々ありますが」

「ちょうどおれが船を襲ったとき、おまえは友達に会いに行く最中だったといったな」

「ずいぶん待たせておりますが」

ティユルは心の底から愉快な気持ちになって笑った。

「正直な話をしろ。おまえは略奪が嫌いだ。そうだな」

ティユルはカットラスと呼ばれる、刀身が湾曲した海賊の刀を腰から外してテーブルに置いた。切れ味は抜群、黒塗りの鞘《さや》には、真珠と夜光貝の装飾、柄にはルビーが嵌っている。ティユルが十代の頃に先輩の海賊からもらったもので、いつもベルトにさしていた。

「そうです」

「ふん」ティユルはいった。「おまえは、おれが海賊をやめたほうがいいと思うか？」

ソノバの顔から笑みが去った。ティユルは答えを待ちながら自慢の船刀を撫《な》でた。

「わかりません。キャプテンのことはキャプテンが決めることではありませんか。ただ、一介の船員である私に助言など畏《おそ》れ多く……」

「いってくれ」

ソノバはティユルをじっと見つめ、考えてから口を開いた。

「人間は何かを追い求め、そのために争いが起こる。でもたとえば幸せの果実のようなものがあったとして――それを手に入れてしまったがために訪れる不幸というものがあると思いませんか？」

ティユルは腕を組んで唸《うな》った。ソノバは続けた。

「そしてまた、大切だと思っていたものを失ったがために訪れる幸福というものも、きっとあると思います」

しばらく沈黙があった。幸せの果実が何を指すのかわからない。ソノバのことか、海賊事業のことか、女やら家族のことか、どんなことでも当てはまるような気がした。ソノバの言葉をよくよく考えているうちにティユルの胸中で何かが倒れた。心の中に不思議な感覚が広がっていった。

「ソノバよ。行きたいところをいえ。友人に会いに行くがよい」

「何ですと？」

「行けるところまで連れていってやる。そこでおまえを解放する。うむ。解雇だ。これまでの働きに応じた充分な謝礼をやる。もしも紹介できる船があれば紹介してやろう。おまえからはずいぶん多くのものを得た。これ以上はいらぬ」

ソノバは呆気《あっけ》にとられた顔でティユルを見た。

「だが二つ約束しろ。一つは、簡単には死ぬな。おまえは死ぬには惜しい人物だ。もう一つは、おれをおまえの友に加え、いつかおれのところにも遊びにこい」

ソノバは頷くと晴れやかな顔で、そのようにします、ありがとうございます、といった。

「これをやる」ティユルは鞘に嵌った船刀をソノバに押し出した。ソノバは船刀をティユルに戻した。

「いりません。せっかくのお心遣いを返すのは大変な失礼かとも思いますが、このような他人の目をひくものを持って旅をしていては、後のトラブルになるのが目に見えます。

それにキャプテンのシンボルであったこの宝刀を受け取るにふさわしいものは、海賊団を去っていく私ではありますまい。別のものがいるはずです」

ティユルは思う。

もしも自分が大きな野望を持っていたのなら、ソノバのような使える男は決して手放さなかった。しかし自分には大きな野望などなかった。

ソノバと別れてからすぐ、暴風で船がダメージを受けた。船員も何人か死んだ。ティユルはそれを契機に船員を全員解雇すると、船を造船業者に売り払った。

発作的に思いついたことではなかった。ティユルはソノバを仲間に加えてから、徐々に、海賊行為に嫌気がさしてきていたのだ。

ルビーの嵌った船刀は、船員の中でソノバの次に気にいっていた腹心の青年に与えた。いつも自分を慕っていた男だった。誠実だったが時折野心が覗くこともあったので、船刀の持ち主としてぴったりだった。

「おれは引退する。お別れになるが、これは今までの礼だ。副船長よりも、おまえが受け継ぐにふさわしい」

青年はいつもティユルの腰にあったカットラスを手にして目を輝かせた。

「近海の海賊団も一つにまとまりました。これからというところで残念です。あなたからいただいたこの素晴らしい宝刀に似合う男となるよう努力します」

別にそんなものにならないでもいい、と思ったが、口には出さなかった。

ティユルはポートフェアから北を目指し、知り合いを頼って、土地を開墾して農業を始めた。タロ芋畑に、ひまわり畑。蘭の苗を買って栽培もした。海賊稼業の頃に稼いだ金はそれなりにあった。最初の一年こそ稼ぎはなかったが、二年目からは、収穫の時に人を雇うだけの余裕ができた。

本を読み、畑を耕し、山羊《やぎ》と豚の世話をした。

時々、自分が殺したものたちのことを思い出した。甲板から海へと落ちていく男の恐怖に引きつった顔。腹から血を流して生気が失《う》せていく男の苦悶《くもん》に歪《ゆが》んだ顔。海に放り捨てた娼婦の、恨みにねじれた顔。暗く青い海はうねり、無慈悲に人を呑《の》み込んでいく。

仕方がなかったのだ。ティユルは思った。生きるということは、殺す側に立つということだ。一度でも後悔をすれば、後は一生懺悔《ざんげ》の日々になるから後悔はしないようにした。

農業を始めてから一度妻もできた。だが妻はしばらくすると不平不満をいい始め、ティユルがかつて人を殺したことがあると知ると、家を飛び出していった。

子供はできなかった。ティユルは己の血をひいた子孫を残すことにあまり関心を抱かなかった。

何年かすると、セントマリーの海賊は、フランスから海軍がやってきたことと、新政府の樹立と共に成立した海賊禁止法の徹底により、壊滅した。とはいっても幹部の処刑と組織の解体が行われただけで、船や船員は、新政府の海軍として再編制され、近海の客船を警護したり、港の治安を維持する存在に変わった。

海賊業をやめてから、十八年もたったある秋の日に、家でのんびりとしていると、扉を叩《たた》く音がする。開けるとソノバが立っていた。

「キャプテン。お久しぶりです。遊びにきましたよ。港でキャプテンの消息を追ったらここにいるというので」

ティユルは歓待した。ソノバは眉毛に白いものが交じっていたが、初めて会ったときとあまり変わっていなかった。ソノバの隣には少女がいた。

「ユナと申します」少女は挨拶した。

「おまえの娘、というわけではないな？」

「さよう。親は私ではありません。途中で意気投合して連れてまいりました。本物の海賊に会わせてやろうと思いまして」

ティユルは頷いた。

「弟子だな。いろいろ教え込もうというわけだ」

「とんでもない」ソノバは首を横に振った。「私が彼女の弟子のようなものです。ユナは、まだ少女に見えますが、もうこの姿で二十歳を超えているのです。辺境にぽつんと浮かぶ、最後の楽園の島からやってきたそうです。なかなか面白い娘ですよ」

ティユルが少女に視線を向けると、少女はいった。

「ソノバさんは持ち上げすぎです。そんなたいしたものじゃないですよ。他人よりも成長が遅いだけの孤児です。ソノバさんは友達です。一緒に遊んでいろんなことを教えてもらっているの」

ユナは思い出したようにポケットを探ると包みをだした。

「これお土産に。菩提樹《ぼだいじゅ》の種です」

「では庭に蒔《ま》いてみよう」ティユルは微笑んだ。

ユナとソノバは三日間、ティユルの家に滞在した。村祭りを見に行き、ケーキを焼いた。積もる話はありすぎるほどだった。明け方まで喋り続けた。

ティユルの記憶にいつまでも残るとても楽しい三日間だった。

別れ際にユナはティユルにいった。

「この島がとっても気にいった。いつか戻ってきてこの島に住んでみたい」

「すぐに住んだらいい。そうしたらおれは孫娘でもできた気分になる。おれは自分が楽しめることなら全面的に協力するぞ!」

ティユルは夢想から戻ると、空に浮かんだ満月を眺めた。

己の体内に蓄えられた大地の精気を、口からふうっと吐き出す。

いつのまにか腕が岩から浮き上がっている。腕が生えてきた。ティユルは興奮した。

生えてきた己の腕をあげてみる。ぼろぼろと腕は岩から離れる。指を握り、開く。

ふと背中に異物感をおぼえた。

重い、黒々としたものが右肩の下にある。

翌日やってきたタカシに腕を見せびらかした。

「たいしたものだね」

「本が読めるな。何か本を持ってきてくれ」

タカシは指で円を作ってみせた。

「本ならぼくの家にいっぱいあるよ。こんど本棚から何冊か拝借してくるよ」

「ところで、セントマリーに海賊はいるか？」

「本物は昔の話でしょ。海賊パレードならやっているけどね。こんど連れていってもらうんだ」

「おれな。昔は海賊だったんだ」

「このあいだは、自分は神様だっていってなかった？」

3

そしてまた月日が流れる。ティユルは、ソノバがまたやってくるのを待ち望んだ。

年々、性格が丸くなっていき、村人たちとの付き合いも良好だった。

大きな嵐がやってきた。

初夏の収穫が終わった翌週だった。収穫の手伝いで雇っていた青年も、することがなくなったので暇をだしていた。ティユルは相変わらず一人で暮らしていた。雨戸を閉め、家畜を小屋に入れてから家に戻った。

夕方だった。地下室に向かい天井近くについている明かり窓の雨戸を閉める。

明かりにもってきていた蠟燭《ろうそく》がふっと消えた。

ティユルは舌打ちした。

――キャプテン。

暗闇の中から声が聞こえた。

家の中には誰もいないはずだった。ティユルは身構えた。がたん、と背後でドアが閉まった。僅《わず》かな光も遮られ真っ暗闇になった。

――キャプテン。ティユル・スノピタ。死はある日突然やってくる。

落ち着いた暗い声だった。地下室に誰か自分を知っているものが潜んでいたのだ。

「誰だ?」

――誰でもないし、また誰でもいい。おまえは若い頃にたくさん殺しただろう? おれは遠い昔、おまえに殺された情婦の身内かもしれないし、おまえが襲った船で仲間を殺されて生き残った船員かもしれない。誰でもいいのさ。そう……ヤニューとでもいっておこう。

「ヤニュー？」

ヤニューはこの島に棲《す》むといわれる妖魔《ようま》の名だ。

窓の外で風の音が大きくなっている。暗闇の声は続ける。

――嵐がやってくるこの日を待ったのだよ。おまえのことは見てきた。この家には今年の収穫で得た金があるだろう？　とりあえずおまえを始末した後それをちょうだいしよう。外はこの嵐だし、誰もこない。おまえの死体は家から少し離れた増水した川に流してやろう。家の裏にはいかにも崩れそうな崖があったよな。その下に放っておいてもいい。誰もが嵐のときの事故だと思うだろう。

ティユルはそろそろと闇の中を移動した。こちらから相手は見えない。相手からも自分が見えるはずはない。

――古き良き時代は終わりを告げた。清算のときだよ。まさか、笑って死ねると思っていたわけでもあるまい。かつておまえが大海に人間を無造作に捨てたように、この広大な世界からおまえもまた無造作に消滅するのだ。

闇の声はそこでぴたりと話すのを止めた。

いつかこんな日が来ると思っていた。相手が誰だかわからないが、海賊時代の怨恨《えんこん》なら心当たりがありすぎた。子供を作らなかったのも、自分に恨みを持った人間がどこかで見張っているような気が薄《うっす》らとしていたからだ。

ティユルは問いかけた。

「おれはあんたに何をした?」

返事はない。

ティユルはそろそろとしゃがみこむ。確か部屋の隅に木箱があり、工具をいれていたはずだ。音を立てないように床を這《は》い、部屋の隅に向かう。木箱に手が触れる。全身に冷たい汗をかきながら、中を探る。手《て》斧《おの》を見つけて握り締める。闇の中で都合良く武器が手に入った。これまで生き残ってきたのはひとえに運であり、その運はまだ自分を見放していないようだ。そっと手斧を箱から抜き取る。

「話すんだ。おれはあんたに何をした? おれは若い頃のことを反省している。今なら、話し合えばわかるんじゃないか? 金ならやるよ。今年の収穫の金を全部もっていくがいい。もう老体だ。なんなら命だって……だがおまえが欲しいのは金やらつまらん老人の命などではなく、謝罪とかそういったものではないのか」

返事はない。ただ外を吹き荒れる風の音が聞こえるばかりで、部屋の中は物音一つしない。

しばらく暗闇の中で気配を探りながら、ふいに全ては空耳だったのではないか、とティユルは思い始めた。ここにいるのは自分一人で誰もいない。胸のうちにある後悔が幻聴となって聞こえたというだけのこと。

だが、出入り口の扉に向かったり、マッチを擦ったりするのは賭《か》けだ。もしも相手がどこかに潜んで自分を殺そうとしているのなら、まさにその隙を狙っているに違いない。

ティユルはさらに注意深く待った。

やはり部屋に気配はない。いつまでもこうしているわけにはいかない。

そろそろと忍び足で歩き、一息吸ってからドアを蹴飛《けと》ばした。ドアは勢いよく開かれる。鍵《かぎ》はかかっていなかった。

急《せ》かされるようにあたふたと一階に続く階段を上がろうとしたところで、背中に衝撃があった。生ぬるい液体が背をつたうのがわかる。

ティユルは息をつくと、振り返りざまに斧を水平に振った。手ごたえがあった。野太い悲鳴があがった。

薄闇の中、黒い服を着た見知らぬ中年の男が倒れていた。

ティユルの斧は首に刺さっている。男はまだ生きていて呼吸は荒い。

「おれも老いたが、まだまだだ」ティユルはいった。背中が熱い。「なあ強盗よ。誰だ？　海賊時代の誰かなのだろう？」

首に斧の刺さった男はティユルを睨みつける。

ティユルが海賊を引退してから、二十年近い歳月が流れている。海賊時代に二十歳だった男でも、四十歳になっている計算だ。強盗の頭は耳のあたりに僅かな毛を残して禿げあがっている。たるんだ頰には傷がある。深い皺《しわ》があちこちに刻まれ、鼻はつぶれている。あまり変化のないものもいるが、二十年の歳月は人の顔を変える。どこかで見たような顔の気もするが男の名は思い浮かばない。

ティユルは男の視線を受け止め、荒い息でいった。

「もう済んだだろう？　強盗の罪は問わない。病院に行こう。もしもおまえが生き残れたなら金もやろう。なあ」

二人で生き残って、いろいろ話さないか？

男は唾《つば》を吐いた。

「最後にくだらない綺麗《きれい》ごとをいったところで赦《ゆる》しがあるとでも思っているのか？」

男の目の光が消えた。ティユルは薄暗い階段に腰をかけた。外の暴風はさらにひどくなっている。雷鳴が轟《とどろ》いている。背中には何かが刺さっている。足元には血だまりができている。名乗らず死んだ見知らぬ男の死体が転がっている。

階段を上って、警察、医者……ティユルは思う。到底辿りつけそうにない。

どんどん暗くなっていく。

疲れた。ひと眠りしよう。

4

太陽が昇り、夜が明ける。

いろいろ思い出していく。ティユルは崩れた石壁を見る。パンの木もおぼえがある。

ここはかつて自分の家だったところだ。

きっとあの嵐のときにでも、裏山の土砂崩れか、川が氾濫《はんらん》したかなにかで、家は埋まってしまったのだ。

「ティユルさん」

タカシがやってくる。

「おう」

「今日はオレンジジュースを持ってきたよ」

「飲ませてくれるか」

ティユルは動くようになった手を伸ばして水筒を受け取った。一口啜《すす》り、泣いた。

「おいしい？　また体が浮き上がってきたみたい」

「そういえばタカシ。おまえは島では珍しい人種だな。東洋人か」

「そうだけど。ワケありでね」

タカシは自分が島にくることになった事情を話した。親が借金とりから逃げて、この島で研究をしている日本人の男に自分を預けて、自分たちはどこかで働いているらしい、という話だ。

「どうにもならないってこともあるんだね、世の中は」タカシはため息をついた。「ぼくなんか捨て子みたいなものだよ」

ティユルは首を横に振った。

「おれも似たようなものだった。母親はおれが七歳のときに病気で死んだ。父親は通りすがりの船乗りで、会ったこともない。おれは港で野良猫《のらねこ》のように育ち、盗んだり、騙《だま》したり、殺したりと悪いことをしこたまやったものだ」

「そこまでやらないけど」

「まあ、ひねくれないで、上手くやりな」

「特にひねくれてないってば」

話している最中に、背中にある硬い異物が疼《うず》いて、舌打ちした。

「タカシ、おれの背中に何か刺さっていないかな」

タカシはティユルの後ろにまわりこんだ。

「あ、刺さっているよ。これ何だろう」

「やはりそうか。抜いてくれ」

タカシが背中に足をあてる。力んで唸る声が聞こえる。ふいに、背中から、ずるり、と何かが抜けた。つめものがとれてすかすかしたような感覚がくすぐったく、ティユルは笑った。

「抜けた、抜けた」

少年がまわりこんで刺さっていたものを見せる。古く汚れた海賊の刀剣だった。柄にルビーが嵌っている。かつては美しかったその刀も、刀身は真っ赤に錆《さ》びぼろぼろだった。

「すごいね、これ」

ティユルはかつて腹心の部下だった青年のことを思い出した。刀をあげたときには喜んでいたが、内に恨みの芽があり時間と共に育っていったのだろうか。あるいはあそこにいた男は、自分の部下ではなく、部下の青年を殺して刀を奪った奴かもしれない。誰でもない誰か。自分の部下の土に眠っているのだろう。

「少年よ。これまでのお礼にその錆びた刀をやろう。もはや、がらくた同然だが、柄の部分に宝石が嵌っているだろう。そいつは高く売れるはずだ」おそらくおまえが思っているよりもずっと高くな、と、ティユルは胸中で付け加えた。

タカシはぼろぼろの刀を撫でると頷いた。

「いいの？　ありがとう。ねえティユルさん、ぼくがお世話になっている人に、ユナさんという人がいるんだ。凄《すご》い呪術師《じゅじゅつし》でさ。なんでも知っているから、ティユルさんのこともなんとかできると思うよ。ティユルさん、人に話してはいけないといったけど、もう一人、その人だけいいかな」

「ユナか」ティユルは呻《うめ》いた。「ユナとはな」

タカシは驚いたようにいった。

「ユナさんを知っているの？　ティユルさん」

「知っているとも。ユナは元気かね」

「凄く元気だよ。昨日まで出かけていたんだけど、また戻ってきたんだ」

「そうか、この島に住んでいるのだな。海賊ティユルがよろしくいっていたと頼む」

少年が帰った後、あちこちで鸚鵡《おうむ》が囀《さえず》り始めた。背中の刀が抜けた跡から、音もなく何かが抜けていっているような気がする。空は青く、光が心地よい。爽快《そうかい》な気分だった。

ティユルは自由に動かせるようになった両手を伸ばし、ばんざいの姿勢になった。足に力をいれて立ち上がってみる。めりめりと長い間地面に縛られていた体が直立する。自分がぐんぐん大きくなっていくような気がする。光が体に蓄えられていく。体の中に入った光が爆発を起こし、目の前が白と緑の輝きで埋め尽くされていく。

もっと光を、もっと光を、ティユルは腕を広げる。

「ユナさん。こっちこっち」

タカシがユナと一緒に丘に登ったとき、そこにティユルはいなかった。

ティユル・スノピタがいた場所には、大きな菩提樹が枝を伸ばし、ひっそりと葉を揺らしていた。

夜の果樹園

1

乗るバスを間違えたかもしれない。

窓の外を流れ去るトロンバス島の風景を見ながら私は思った。

ポートフェアから四十キロほど離れたティアムという町に向かうバスに乗ったつもりだった。港の観光案内所で確認したところでは、途中で郊外バスターミナルその他に停車するはずなのだが、それなりの時間乗っているのにバスはどこにも停車せずに走り続けている。

バスの運転手は麦藁《むぎわら》帽子を深くかぶった表情のない男だった。運転手のペットだと思われる小さな白い猿が運転席の近くにいた。乗客は私の他には、薄暗い死人のような女が一人座っているだけだった。

バスの車内に行き先を記したパネルでもないかと見回したが、それらしきものはなかった。運転手の肩越しにこちらを見ている猿と目が合った。猿は歯を見せるとキッと鳴いた。

胸の内で舌打ちした。とにかく次に停車したところでおりようと思った。

これで予定は大きく狂う。ポートフェアから出る次のティアム行きのバスは確か翌日の昼ごろだった。とにかく港町まで戻り、ホテルを探さなくてはならない。

バスはいつまでも停まらなかった。

景色は市街地のものから、田園風景に変わる。サトウキビ、次にはタバコの畑。やがて見渡す限りの瓜畑《うりばたけ》になった。あちこちに案山子《かかし》がたっている。サングラスにドレッドヘアの案山子や、ミイラ男の案山子もある。

空は茜色《あかねいろ》に染まっていく。バスは脇道にそれ山道に入っていく。その頃にはすっかり投げやりな気分になっていた。

夜になった。

ゴトン、とひと揺れしてバスは停まった。

真っ暗闇の森の中だった。

死人のような女は立ち上がった。服から水が滴っている。女が手動式の扉を開くと、濡《ぬ》れた落ち葉の匂いの交ざったひんやりとした空気が車内に入ってくる。さすがにこんなところで下車したくない。

しゅう、とバスは息を吐き、扉を閉じた。

乗客は私一人になった。

終点まで乗ろうと決めた。いつまでも失敗を悔やんでいても仕方がない。低いエンジン音を耳にしながら、座席の温《ぬく》もりを感じているうちに、睡魔に襲われた。

「終点です」

運転手の声で目を開いた。バスは停まっている。車内には誰もいない。軽い頭痛をおぼえながらバスを降りた。

深呼吸して、ひんやりとした夜気を肺にいれた。太った怪物が踊っているようなシルエットのバオバブが近くに立っている。あちこち朽ちた木製ベンチが一つある。どこともしれぬ野原にいるようだったが、ここが終点のバス停なのだろう。

地名とホテルの場所を運転手にきいてみよう。だがホテルなどないといわれたらどうすべきか。

そう思いながら振り返って、私は小さく叫んだ。背後に停車しているはずのバスがなかった。赤いテールランプが闇の中を遠ざかっていくのが見える。ほんの少し走って追いかけたが、すぐにテールランプは闇に消えた。

肩を落とし呆然《ぼうぜん》とした。草むらから虫の音が聞こえてくる。

遠くに灯台がたっている丘が見えた。その下のほうにきらきらと宝石のような輝きが散らばっている。きっと町だ。

野原から灯台の丘に向かって未舗装の道が続いている。

ここで突っ立っていても仕方がない。私は歩き始めた。

2

遠かった。闇の中を根気よく歩いた。頭の中で一昔前に流行《はや》ったさほど好きでもない歌の一節が延々とリピートしていた。

灯台がたつ丘の中腹あたりに大きなお屋敷があった。二階建てで、門から玄関まで砂利が敷かれ、飛び石が続いている。

私はそこで足をとめた。バスを降りてから最初の民家だった。

頭の中でいうべき言葉を組み立てる。こんばんは。バスを乗り間違えて、見知らぬところにきてしまいました。電話を貸してください、よければ水を一杯くださいませんか。日本を遠く離れた異国の島とはいえ、いい歳をして、なんという醜態だろう。ため息をつきつつ、ノッカーでドアを叩《たた》いた。ホテルがどこにあるかもきいておくか。

玄関扉の向こうで、廊下を歩いてくる音が聞こえる。

ドアが開いた。

「こんばんは、バスを」

私はドアの向こうに現れたものを見て、台詞《せりふ》を中断した。

玄関に立っているのは真っ赤なローブを羽織って、金髪にカーラーを巻いた女だった。

私が台詞を中断したのは、女の顔が——というより女の頭が——マンゴーに似た果実だったからである。ハロウィンのカボチャと違い目鼻がない。耳もない。のっぺらぼうだ。人間の頭と同じサイズの果物に、金色のカツラを被《かぶ》せたように見える。いつかどこかでこういった絵画を見たような気がする。

私はとりあえずいうべきことをいうことにした。

「すみません。道に迷ってしまって」

被り物をしているのだろうか？　今日はこの島特有の祭りの日か何かで、果物を模したマスクを被る風習があるとか……。私の視線は相手の顔——マンゴーに釘付《くぎづ》けになったままだった。

「電話を借りたいのですが」

マンゴー頭の女はそばに寄ると、よしよし、という風に私の肩を抱いた。妙な馴《な》れ馴《な》れしさが薄気味悪かった。家の中に向かって何か叫ぶ。

パジャマ姿の女の子がどたどたと姿を現した。こちらも同じく頭部はマンゴーだった。

「ペリーが帰ってきた！」

マンゴー頭の子供が叫んだ。

ペリー？

困惑していると、子供が私の頭を撫《な》でた。「寒かったでしょう、ペリー。寂しかったでしょう、家出なんかして」

「はあ？」

どうも私は彼女たちに、ペリーという名の家出した犬かなにかと勘違いされているらしかった。

「すみません、ペリー、家に入って」

「さあ、電話を」

私はよくわからぬまま、家に入った。

最初に扉を開いた母親らしき女が、ミルクをいれたボール皿を持ってきた。

「おなか減っているでしょう？　ペリー」

猛烈に腹が減っていた。目の前に出されたミルクを飲みたかった。でも私は彼女たちの飼い犬、ペリーなどではない。

しかし空腹に負け、いったん口をつけると、もうとまらなかった。

「ペリーったらもう夢中じゃない、よほどおなかが減っていたのね」少女がくすくすと笑った。

ペリーなどではない。胸中で繰り返した。マンゴー頭たちは私に危害を加える様子はなかった。とりあえずここで朝を待つという手もある。屋根があって清潔なところで疲れた体を休めることができるなら、一晩だけペリーのふりをしてみてもいい。

ミルクを飲み終えた私はソファの上に身を横たえた。すぐに眠気が襲ってきた。

夜が明けた。

妙な夢を見ていたような気がする。バスを乗り間違え、ついた先で助けを求めて屋敷のドアを叩く夢だ。そこの住人は果物頭の変な奴らで私は犬となり……。

キッチンの小窓から光が差している。私はソファで身を起こした。

夢ではなかったのだ。あるいはまだ悪夢が続いているのか。

私はまず家の中を探検した。キッチンから次の部屋へ。歯ブラシを手にしたマンゴー頭の少女とすれ違う。被り物ではなく、本当にマンゴーの頭をしているようだ。

「おはよう、ペリー」

金色カールのマンゴー母も現れた。

「おはよう、どう、久しぶりの我が家は？」

帰りたい旨を告げるが、相手にしてくれなかった。相手の話していることはわかるものの、こちらの言葉はまったく通じない。

階段の脇には姿見がある。黄色い毛の耳のたれた犬が映っていた。私が首をふると、鏡の中の犬も首をふる。

自分が確かに犬であることを、何度も確認しなければならなかった。

マンゴー頭の少女は学校に出かけ、マンゴー頭の母もどこかに出かけた。

3

庭へ出るガラス扉は開いていた。私は二人がいなくなってから芝生の庭に飛び出した。鉢植えが並んでいる棚に跳び上がり、そこから柵《さく》を乗り越えた。

人目を避けるように、用心しながら走った。まず灯台の丘から、眼下の風景を見渡してみる。

丘の下には小さな港町が広がっていた。町中に植物の蔦《つた》がはっていた。蔦のいくつかは人間の腕ほどに太く、切り取れば傘として使用可能なほどの巨大な葉が茂っている。屋根より大きな葉っぱもある。絵本めいた町だ。人間が住んでいるとは思えず、見ていると強い不安をおぼえた。

町と反対方向に目を向けるとパッチワークのような田園風景が地平線まで続いている。私はとぼとぼと昨晩歩いた道を戻った。

バスに乗っているときは確かに人間だったはずだが、いつのまに動物になってしまったのだろう。ずっとあの家でペリーとして暮らし続けるわけにはいかない。脱出するなら早いほうがいい。

自転車に乗ったパパイア頭が私を見て口笛を吹いた。買い物籠《かご》をさげているのはジャガイモ頭、山羊《やぎ》をひいているのはドリアン頭。みな野菜や果物の頭部をもっていた。

私は通りに誰もいなくなったのを確認してから道の脇の茂みに入り、脱糞《だっぷん》した。犬の姿で犬のように生きることに屈辱をおぼえた。

〈あの家でおとなしく餌をもらって一生を過ごすのが一番いいんだよ〉

頭の中の誰かがいう。

違う、と私は答える。

私は私がペリーでないことを知っている。だが、私以外の全ての人間が私を見て「これはペリーだ」というならば、それでも私はペリーではないのだろうか？　考えるとどんどん不安になっていく。

この世界の出発点となった昨晩の野原に辿りついた。バオバブと、あちこち朽ちた木製のベンチ。私はベンチの下に蹲《うずくま》ってバスを待つことにした。もちろんここにバスがくるという保証はなかった。


不思議な女の導きで南洋にやってきた私たち三人の家族は、一度ばらばらになって態勢を立て直すことになった。

私たち三人は、互いに手紙をだしあい、近況を報告しあった。息子のタカシはトロンバス島の日本人に預かってもらい、妻は別の島でリゾートホテルの従業員を、私もまた二人とは別の島の港で働くことになった。一年が過ぎた頃、妻から手紙がきた。

〈私はもうあなたのところには戻れません〉

亜麻子《あまこ》（妻の名だ）は手紙に書いていた。

〈タカシのことは愛しています。あの子には本当にすまないことをしていますね。でも、あなたのことはもう愛していません〉

〈確かに私はあなたと結婚しました。でもそれは失敗でした。離れてみて思ったけれど、再び一家が揃ったら幸福になれるとも思いません。むしろそれぞれの幸福の足を引っ張りあって不幸になってしまうのではないでしょうか〉

〈残念なことに私はあなたを、あなたは私を、不幸にすることしかできないのです〉

〈一度は一家心中寸前までいきましたが、よく考えれば、あなたの失敗でなぜ私が、そして幼い子供が一緒に死ななければならなかったのかしら？〉

彼女は離婚を申し出ていた。

私は亜麻子のいいぶんを正しいと思った。

もしも新しい環境で新しい男ができたというなら、そちらと一緒になればいい。彼女が手紙で書いたことは、むしろよくいってくれたとさえ思った。

手紙をもらってからまた一年が過ぎた。私は二年ぶりに息子の顔を見るために、トロンバス島行きの船に乗った。

息子を預けている家に連絡をして、港町で古いバスに乗ったところで、こうなったのだ。きっと昨晩、息子はティアムのバス停で、私を待っていただろう。想像すると本当に申し訳ない気持ちになった。

夜になった。ひどい空腹に悩まされた。バスは現れなかった。昨日バスが闇の中を去っていった道を、試しに少しだけ歩いてみたが、途中でひどい悪路になった上に、樹木に阻まれて行き止まりになった。

ふいに暗がりから声がした。

「あ、いたいた、おおい」

私にいっているのだろうか？

「こんばんはあ。遊びにきましたよ」

奇怪なシルエットがこちらに歩いてくる。私はすぐにでも逃げられるように体を起こした。

なんとも奇妙な生き物だった。背丈は十歳かそこらの子供ぐらいで、下半身は毛に覆われているが、上半身はつるりとしている。猿のような顔に顎鬚《あごひげ》を生やし、額の上のほうには小さな角が生えている。

悪魔、という言葉を思い浮かべた。きちんとした顔がついているという点で、果物や野菜の頭の持ち主たちとは別種の存在といえる。

その生物はいった。

「怖がらないでください。たぶんあなたの味方ですよ。まあ、そうでなくとも敵ではない。僕の名は赤ひげです」

私はぺこりと頭を下げた。

「あ、どうもケイタです」

「はい、ケイタさん。昨日ね、あなたがバスから降りたのを見かけたんです。で、たぶんここに戻ってくるだろうと予測しまして」

「私は……そのとき犬でしたか？」

「いいや、人間でした。でも今は犬ですね。見てすぐにわかりましたよ。この犬は、昨日の夜ここにきた人だって」

そんなことは特に驚くことでもないけどね、という口ぶりだ。

「さしつかえなければ、教えていただけませんか？　いったい何がどうなっているのか」

「僕にもわからないんです。わかるのは、あなたが僕と同じ悪夢の迷宮に足を踏み入れたということだけですな」

「悪夢の迷宮？」急速に気分が沈んでいく。「なんですか、それは？　ここで待っていれば帰りのバスがくるわけではないのですか」

「わかりません。くるかもしれないし、こないかもしれない。でもそんなに簡単にいったという話は聞かないですよ。バスはいったんやってくると、当分はこないのです。おそらく今晩は間違いなくこないでしょう。本当です。混乱しているんでしょう？　もうやってみたでしょうが、フルーツ頭たちにはこちらの言葉は通じないですよ。あいつらが何をいっているかはわかるのにね。あとここでは電話も通じない。僕だっていろいろ努力しましたよ」

「あなたはいったい」

「僕も人間だったんです」

　赤ひげはベンチに腰掛けた。私も隣に飛び乗った。

「もうだいぶ前のことですけどね、うだつのあがらない男でした。迷い込んで、気がついたら犬でした。フルーツ頭の家で飼い犬になっています。同じように迷い込んだ仲間たちにも出会いました。フルーツ頭の家で飼い犬になっている奴もいたし、墓場の近くの森の中で暮らしている奴らもいた。みなもとは人間で、どうしてこうなったのかわからないといっていたね。ヤニューの仕業だとか」

「それは、また……なんというか」

「冗談じゃないですよね？　どう考えたって筋が通らない。だからここは悪夢の迷宮なのだと僕は思っています。ただ救いは、フルーツ頭の連中とは話が通じないが、仲間と会えば、こんな風に会話ができるってことだ」

　私は彼の姿をじっと見つめた。犬になったといったが、彼は自分で話しているような犬の姿をしていない。

　私の視線の意味を察したのか、赤ひげはいった。

「いつのまにやら体が変化したんですよ。不思議な力が働いているんです。何でもありなんですよ。だが、この姿のせいで夜しか動けない。フルーツ頭の連中は、僕を見つけたら石を投げたり、場合によっては銃を向けてくるんだ。獣道に罠《わな》をしかけたりもする。えげつないですよ」

赤ひげは哀しげに続けた。

「最初は何人かいた仲間もね、もういなくなってしまった。仲間、といっても五人ほどでしたけどね。みんなフルーツ頭に狩られるか、ろくでもない理由で死んでしまいました。さっきもいいましたが、フルーツ頭の飼い犬をやっているのもいてね。そいつなんかは『こうなったらもう仕方がない。これが一番楽な生き方だ』なんていっていたんだが、ある日会いに行ったら……言葉も知能も全部失って……うう、とか、わん、とかしかいえなくなってしまっていた。本当の犬になってしまっていたんです。あなたも飼い犬は選択しないほうがいいですよ。まあ、そんな風に知り合いはどんどん減って、結局僕は独りぼっちになってしまったんです」

そこで言葉が途切れた。なんと応答したらいいかわからずに、災難でしたねといってみた。

「ええ、もう、やっかいです」

「私も危ないですか？」

「そうですねえ。奴らからすればあなたは今のところ野良犬《のらいぬ》でしょう。僕ほどではないですけど、あなただっていつ何時殺されるかわかったもんじゃない」

赤ひげはベンチから腰をあげた。

「腹減りません？　ねえ、よかったら飯でも食いましょう。よかったら、ですけど」

私は頷《うなず》いた。飢えも渇きもさらにひどくなっていた。


町へと続く薄暗い小路だった。

前方からフルーツ頭が歩いてきたので、赤ひげと私は道の脇の壊れかけた石塀の裏に身を隠した。

一人だった。頭部は真っ赤に熟れた林檎《りんご》だった。薄手のワンピースをきた女で、竹籠を持っていた。

赤ひげは物陰からひらりと飛び出すと、女の背中に躍りかかった。悲鳴を上げさせる間もなく、ナイフで女の首をかききった。

赤ひげは目を見開いている私を手招きした。

「ここでは人目につきます。運ぶのを手伝ってください」

私は女を茂みに引き込むのに手を貸した。赤ひげは首に嚙《か》みつき、血……いや、果汁を啜《すす》り始めた。その様は、まさに吸血鬼そのものだった。

「交代しましょう。ごちそうです。ちょっと顔を近づけてみてください」

私はいわれるままに顔を寄せる。意外なことに罪悪感——悪事に加担しているという感覚はそれほど強くなかった。もはやかつての世界は消失した。この世界で生き残るにはどうしたらいいのか、それを学ぶか、飢えて死ぬかだ。

いい匂いがした。

私はおそるおそる口をつけた。

「うまいでしょう」赤ひげが横からいった。「腹ぺこなら、なおさらですな」

美味などという表現では到底足りない。

シンプルなのに複雑で、何かに似ていて何にも似ていない、自然界の精気そのもののような味わいだった。思考は本能に奪われた。

「辛抱たまりませんな」

赤ひげが顔を寄せてきたので、私は首筋を彼に譲り、腕にとりかかった。こちらもまた首筋とは別の旨《うま》みがあった。

私はある程度腹が満たされると、ようやく獲物から離れ、果汁で濡れた口元を恍惚《こうこつ》としながら拭《ぬぐ》った。

「まったく、信じられないですよ。こんなものがあるなんて」

「あなたにとっては禁断の林檎でしたかな」赤ひげは笑った。「これでフルーツ頭の連中たちが、僕を忌み嫌うのがわかったでしょう?」

「いつもこんな風に襲っているのですか?」

「いつもじゃないですよ」赤ひげはいった。「普段は森の中で木の実を食べたりもします。確かにフルーツ頭はとびきりのごちそうですが、いつもやっていたら、フルーツ頭たちに行動を読まれちゃいますから。場所と時間と、いろんなことを考えてやるんですよ。智恵をしぼって、勘を働かせて」

4

自力で戻るのは難しい。しばらくここで生活するべきだ、と赤ひげはいった。

私は赤ひげと行動するようになった。

赤ひげは町をとり囲むようにいくつか塒《ねぐら》をもっていた。めったなことではフルーツ頭のこない湿地のそばにある廃屋、川原のそばの巨大蔦の葉陰に打ち捨てられた車、公園のそばにある崖《がけ》の岩穴、森の中の高床式の小屋。

もとはかつての仲間たちがそれぞれの住まいにしていたところだという。

「今は僕たちだけですから、どんどん使いましょう。数日ごとに移るといいですよ。ずっと一箇所にいないほうがいいでしょうね」

私たちは森の木の実をとったり、畑を荒らしたり、川から魚をとったり、家畜を襲ったりした。時には盗みに入った。

すぐに私の体は変わった。四脚の犬から、両腕が自由に使える猿のような生物……赤ひげと同じ生き物になった。額の上には小さな突起ができた。

バスがやってきた道はやはり消滅していた。バスがくるときだけ現れるのかもしれない。高台から地形を観察すると、歩いてここから抜け出すには田園地帯——瓜畑を進むしか方法がなさそうだった。バスがこない以上、いつかは挑戦すべきことである。私がそのことを赤ひげに話すと、彼は疲れた笑みを浮かべた。

「ケイタさんは探検家ですね。尊敬しますよ。世の中で大成功するのはそんな風にぽんぽん動ける人かもね。でも大失敗するのもその手のタイプですよ。あの瓜畑は死にますよ。凶暴で変てこな農夫がいるんです。ええ、フルーツ頭とはまた別の種族です。農夫の小鬼嫌いはもう一級だ。奴らに見つかったらどれほど無残な目にあうか。そして瓜畑はあまり身を隠すものがないでしょう」

では、どうすればいいのだ。私は苛立《いらだ》ち、沈んだ。後日、一人で瓜畑を見にいった。確かに赤ひげのいう通り、農夫——身長二メートルはあるいかにも凶悪そうな生物——がうろうろと畑を動いていた。

不思議な日々だった。

生きていることや、時間の流れを記録するものが何もない。たいがいは夜行動し、夜明け近くに眠りにつく。眠りから覚めるときには自分が人間に戻っているのではないかと期待して目を開く。そして開くたびに漫然とした悪夢はまだ続いていることに気がつく。

私は遠い日本のことを思い浮かべた。

朝九時に出社し、夜の十一時に（時には深夜二時に）帰る日々を続けながら、なんのために生きているのかよくわからなくなった。いつか会社を辞めて、郊外にイタリア料理店を開くことを密《ひそ》かに目標にした。店舗のオープンまで辿りつけさえすれば、全てが上手《うま》く動き始めると信じて疑わなかった。借金までして夢を叶《かな》えた。喜んだのもつかの間、すぐに経営が立ち行かなくなった。客が入らなかったのだ。即座に撤退すれば、まだダメージは少なかったかもしれないが、私は往生際が悪かった。石の上にも三年、辛抱強く頑張れば状況はいつか好転すると信じて赤字経営を続け、さらなる借金に追われ始めた。

そうして全てを失ったのだ。

借金とりの執拗《しつよう》な取り立てに、心身衰弱し、財産を失った私たち一家は、一時は一家心中直前までいった。

何もかもが重荷だった。道路脇で寝そべっている猫が心底うらやましかった。私はとうの昔に悪夢の迷宮に足を踏み入れていたのかもしれない。

きっと私は祈ったのだ。人間でなければよかったと。そして本来通じるはずもないその祈りは、どこかに通じたのではないか。

人間でないものには、人間でないものの現実が待っているとは思いもしなかった。

フルーツ頭は一人でいるときに背後から飛びかかれば倒せるが、正面から立ち向かうには手ごわい相手だった。片方が前方に飛び出して注意をひき、もう片方が背後から喉《のど》を切るという方法が確実だった。

「確実に狩れるときだけやらんと、返り討ちにあうかもしれませんし、仲間を呼ばれたり、警戒されたりといいことありませんぜ」赤ひげはいった。

小鬼の体になってしまった以上、昼間に町を歩くことは自殺行為だった。昼間に一度、棒を持ったフルーツ頭の集団に追い回されたことがある。逃げ道を塞《ふさ》がれあちこち叩かれた。もう駄目かというところで、森から赤ひげが凄《すさ》まじい形相で奇声をあげながら飛び出してきた。

赤ひげは石を拾うと投げつけた。フルーツ頭たちがうろたえた隙に、私はなんとか逃げることができた。助けが入らなければ殺されていたに違いない。赤ひげのほうも、私が彼らの輪から抜け出たと見るや、方向を変えて素早く森に逃げた。

久しぶりにフルーツ頭を襲った。洋ナシ頭だった。食後に私たちはすっかり満足して寝転がった。

「嬉《うれ》しいですよ、あなたがいて。僕はもうこの先、死ぬまで一人だろうと思っていたところでしたから」

「私も嬉しいですよ」本心から私はいった。「運よく赤ひげ先輩に会わなければどうなっていたか。わけがわからぬまま、灯台の近くの屋敷で飼い犬をやっていたかもしれない。最初はね、赤ひげ先輩が悪魔に見えました」

「悪魔かもしれんね。フルーツ頭たちにとっては」赤ひげは笑った。「ケイタさんとは悪魔仲間だ」

「悪夢の迷宮だといっても、赤ひげ先輩がいるからさほど悪夢でもないかな。赤ひげ先輩が紳士であることが嬉しいです」

「僕が紳士?」

ええ、と私が答えると赤ひげは苦笑した。

「僕なんかね、久しぶりにできた友人と上手くやろうと猫をかぶっているだけです。相手と状況を見て、振る舞い方を変えているんですから」

赤ひげは懐かしむような目をして、僕なんかね、といった。

「僕なんかね、本当は人殺しなんですよ」

「別にかまいませんよ」私はいった。「人殺しでも」

人間だったときの話です、と赤ひげは前置きした。

「姉貴が連れてきた恋人がどうしようもない野郎でしてね。よくもあんなのとつきあうものだと思いましたよ。暴力自慢か何かしらんが腐った男でね。家に我が物顔で上がりこむようになって。姉にも暴力をふるってね。僕のことなんかハナから見下していて、あげくのはてに難癖つけてきやがったんです。〈おまえの姉貴が俺の車を傷つけたので、おまえが代わりに弁償しろ〉ですよ。その頃の僕は血の気の多い青年でしたので奴の目の前で、ボンネットをへこましてやった。拳《こぶし》でね。もちろん喧嘩《けんか》になった。徹底的にやらないと反撃されるでしょ。気がついたら僕は奴を殴り殺してしまっていたんです。

とりあえず急いで逃げようと思った。行くあてなんかないけれど、まずは島から出るフェリーに乗ろうと思ってバスに乗ったんです。死体は庭に放り出したままでした。気が動転していて、もう何も考えちゃいないですよ。そして……そこから先はあなたと同じだ」

「そのバスは間違ったバスで、ここに到着した……ですか？」

「そう。野良犬暮らしから始めましたね」

「なんで私たちはここにきたのでしょうね」

私がいうと、赤ひげは夜空を見上げてぼんやりと呟《つぶや》いた。

「なんで星はあそこで輝いているんでしょうね？」

それからしばらくして、赤ひげは上機嫌に自作の歌を歌った。

小鬼は決して滅びない！　どむどむ、バスが夜に運んでくるからさ！　おひゃほう。

私も声をあわせた。歌えば歌うほど愉快な気持ちになった。

小鬼は決して滅びない！　おひゃほう。

私はかつてバスがきた野原に何度か足を向けた。バスは現れなかった。

「バスの運行時刻は不明です。あれはね、いきなりくるんですよ。そしてあれよという間に去っていく」

「私がきたときに、どうして赤ひげ先輩はバスに乗らなかったのですか？　バスがくるのを見ていたのですよね？」

私がそうきくと、赤ひげは黙った。間をおいてから、ええ、見ていましたよ、といった。

「遠くからバスを見て、ああ、千載一遇とばかりに慌てて走った……でも間に合わなかったんです」

私はそれ以上突っ込んだ質問はしなかった。

ある真夜中に、赤ひげはいった。

「三年ほど前に、こんな夢を見ました。森の中の廃屋で目が覚めて、外を歩いていると、道の角でおばさんが二人立ち話をしている。何かおかしい。見ればおばさんたちの顔は、フルーツじゃない！　人間のものだ」

「なんですって」

「夢ですよ」赤ひげは噴きだした。「そんな顔しないでください。ええ、はい、もう夢の話なんですから。僕が立っているのは、かつて住んでいた町の一角だった。自分の体もすっかり人間のものに戻っていた。物凄《ものすご》く動悸《どうき》が激しくなって、体がふわふわして上手くコントロールできなかった。そのときサイレンの音がしたんです。黄色いパトカーが道の先から現れました。慌てて物陰に隠れましたよ。警察はまずい。何しろ僕は人を殺していますから。ほら、姉貴の恋人です。僕は身をかがめて走り出した。怖くて怖くて仕方がなかった。冗談じゃない。いやはやマッハのダッシュ、パニックですよ、もう」

赤ひげの頬が二、三度引きつった。笑みは完全に消えていた。

「そしてね、僕は夢から覚めた」

私は黙って頷いた。彼の目には涙が滲《にじ》んでいた。

「最初に思ったんだ。ああ、よかった。悪夢だった、今のは悪夢だった、とね。おかしいでしょう？　こんなのおかしいじゃないですか」

私は彼の肩をさすっていった。

「大丈夫です。帰るときは一緒に帰りましょう」

「でも今いったように僕は……」

「私はとりあえず警察関係には追われていません。赤ひげ先輩を匿《かくま》いますよ。無事に戻って、二人でビールなんかを飲みましょうよ。ロブスターなんかも頼んじゃいましょう。ぱあっと華やかなところにいきましょうよ」

赤ひげは、そうですね、と微笑んだ。

「ふかふかの真っ白いベッドですか」

「淹《い》れたてのコーヒーです」

「フルーツ頭、食えなくなりますね」

「それはまあ、仕方ないでしょう」

赤ひげはしばしうっとりとしていたが、ふいに表情を引き締め、「申し訳ありませんが、その話、今後二度としないでもらえますか」と暗い声でいった。

5

私たちの塒にほど近い、町外れの森の中に小鬼の廟《びょう》はあった。

薄汚れた無人の廟で、観音開きの扉を開くと、埃《ほこり》をかぶった妖《あや》しい神様の像が祀《まつ》られていた。赤い体に角を生やした、私と赤ひげの現在の姿を表したかのような小鬼の像だ。

私たちはよく廟の周辺でごろごろと時間を潰《つぶ》した。梢《こずえ》が風に揺れる音や、鳥の鳴き声だけが聞こえる静かなところだった。

「ここは安全地帯です」赤ひげはいった。

「どういう意味です？」

「不思議な話ですがね、この廟の周辺では、フルーツ頭たちには僕らの姿が見えないんですよ。まあ、僕たちの聖域でしょうね」

小鬼の廟には、よく女が一人でやってきた。女の頭部は少し萎《しな》びた桃だった。私は彼女のことをクライシスと名づけた。

クライシスは、廟の前に小鉢を置き、香を焚《た》き、地面に小枝や葉を幾何学的に並べて、魔方陣のような図形を作ると、中央に座って何事かぶつぶつと喋《しゃべ》った。廟の中の神に語りかけているのだ。

「いかれ女ですな」赤ひげは樹間から彼女をちらりと見て呟いた。「ここにくるとよく会いますがね」

赤ひげのいう通り、聖域では彼女の視界に入っても気がつかれなかった。私たちは少し離れたところで、盗んできたチェス盤でチェスなどをして時間を潰した。クライシスはあまり美味《うま》そうではなかったし、襲う気にはならなかった。赤ひげも私も聖域では、食事や排泄《はいせつ》など、そこを汚しかねない行為に慎重になった。私たちを護《まも》る魔力が、私たち自身の不遜《ふそん》な行為で消滅しやしないかと恐れたのだ。

クライシスは、座したまま天に向かって両手を広げた。

「あの女に天誅《てんちゅう》を、天誅を！　あの愚かな女に相応の罰を！　偉大な小鬼様、どうかなにとぞ」

私は赤ひげに囁《ささや》いた。

「誰を呪っているのですかね？　小鬼様とは私たちのことかな」

「関わりたくないですね」赤ひげは、ふんと鼻を鳴らして歩兵《ポーン》を動かした。「どうして友達でもなんでもない……種族すら違う存在が、自分の個人的な恨みのために尽力してくれると思い込めるのか、理解に苦しみますな」

クライシスは、いつも一時間ほど小鬼の像に祈ると廟と地面を掃除して帰っていった。

ある午後、私は家族の話を赤ひげにした。私たちは丘の上で果実酒を飲んでいた。蒼《あお》い空に細長い橋のような雲が浮かんでいた。

「上手くやっているじゃないですか」

「子育てしない野生動物のオスはたくさんいますよ。子供は勝手に大人になるし、世の中がホームドラマみたいにできていないことを若いうちに学ばせるってのは、最高の教育じゃないですか」

「まあ、そうかもしれませんね」

「子供に湯水のように金を使う親もいますがね、どんどん馬鹿になっていくだけでしょう」

「でも私はね、自分が親にしてもらったことを最低限してやりたいんだ」

「立派ですねえ」

赤ひげはフルーツ頭たちの町をつまらなそうに見下ろしてから、あくびをした。

一ヶ月か、二ヶ月もした頃だろうか。

道の先の民家にいる家畜でも盗もうと赤ひげと計画をたてた。

太陽が沈んで間もない森の中だった。前方を歩いていた赤ひげが叫び声をあげた。

走りよると、右足が罠に嵌《はま》っている。

「痛いよ、こんちくしょう、痛いよ、痛いよこんちくしょう」

赤ひげは泣いた。罠に足を挟んだまま、何歩か動くと、遠くでシャリン、シャリンと金属音がした。ワイヤーがついていて、罠に嵌ったものが動くと、音がする仕掛けになっているらしい。

「大丈夫ですか」私はいった。「なんとか、なんとかして助けますから」

懐中電灯もなければ、道具もない。私はとりあえず目についた岩をとって、赤ひげの足にくいついた罠に打ちつけてみた。

シャリン、シャリン、シャリン。

罠はなんともない。音が鳴っただけだった。

「おおい、こっちだ」

フルーツ頭たちの声が聞こえた。前方に提灯《ちょうちん》の光が揺れている。ここは廟の聖域ではないから見つかれば殺される。

「いたいたあ、かかっている」

「うっしゃあ！　釜茹《かまゆ》でにしちまおうぜ」

私は近づく足音と光にうろたえた。

「汚い小鬼め」

「あ、もう一匹いるぞ！」

私は何もいわずに慌てて藪《やぶ》の中に飛び込んだ。パイプのように太い茎がからまりあって伸び、私の体より遥《はる》かに大きい葉が重なり合ってトンネルを作っている。無我夢中で逃げた。

小さな岩穴に飛び込むと、両手で膝《ひざ》を抱えてぶるぶると震えた。

数日間、私は聖域近くの廃屋にいた。水道も電気もない、屋根を木の枝と芭蕉《ばしょう》の葉で葺《ふ》いた高床式の狭い小屋だ。いざというときは聖域に逃げ込めばとりあえず姿を隠せるので、数ある塒の中でもっとも安全なところだ。

私の自尊心はひどく傷ついていた。卑劣な罠をしかけたフルーツ頭に一矢を報いることもできず、たった一人の友を置き去りにしたのだ。尻尾《しっぽ》を巻いて一目散に逃げる小鬼の後ろ姿はさぞや滑稽《こっけい》だったことだろう。あれが赤ひげとの今生の別れかと思うと、あまりにもやるせなかった。だが同じ目にあったらまた同じように逃走するだろうこともわかっていた。勇気だ誇りだというのは、強者の理屈だった。

赤ひげのいない世界は空虚で、また猛烈に心細いものだった。今日死ぬかもしれない。

明日死ぬかもしれないと私は脅えた。

フルーツ頭を狩りにいく気力はなかった。赤ひげに教わった食べられる果実を採取して食べた。ただそれだけで、疲れて塒に戻る有り様だった。


聖域の小鬼廟にクライシスが訪れる。

私はじっと黙って萎びた桃女の話に耳を傾けた。

「あの女が、あの女が！　何もかもを奪い去り、あらゆる罪を犯し、罰せられることもなく、のうのうと生きているのです！」

クライシスの語るあの女とは、彼女の四歳下の妹のことだった。

要約すればこのような話だ。妹は十年以上も前に、クライシスの恋人を誘惑して寝とった。そのおかげで進行していたクライシスの縁談は破談になった。妹は寝とった恋人と結婚するでもなく、飽きた玩具《がんぐ》を捨てるかのようにあっさりと別れた。

父親はクライシスの味方で、妹の行動に苦言を呈したが、これに腹を立てた妹と大喧嘩になった。

大喧嘩の数日後、父親の調子が唐突に悪くなり、朝になったら死んでいた。クライシスは事件の少し前から妹の部屋に毒薬について書かれた本があったことを知っていた。父親が死んだ朝には、アリバイでも作るかのように男の家に泊まっていたこと（無数のボーイフレンドがいるのだ）、父の死後に部屋を探したら、毒についての本が部屋からなくなっていたことなど、クライシスの目からすれば、妹以外の人間の犯行とはとても思えなかった。

だが父親の毒殺は明確な証拠がなかったために妹は刑罰を受けることはなかった。

その後、クライシスは老いた母親の面倒《めんどう》を見ながら苦しい生活を強いられたが、妹のほうは派手な服を着て社交界を歩き回り、恋人をとっかえひっかえしたあげくに、町一番の金持ちと結婚した。町一番の金持ちには恋人がいたが、その恋人は不審な死を遂げ（黒ずんで腐った姿で川に浮かんでいるのが発見された）、後釜《あとがま》に妹が座ったのだ。

母も死んで、クライシスは一人になった。

妹は、会うたびに貧苦にあえぐクライシスを見下したような笑みを浮かべて、同情の言葉をかけるという。

殺して欲しい、とクライシスは祈るのであった。

私はそっとクライシスのそばを離れた。

やがて雨が降ってきた。

風邪をひいたのかもしれない。私はかつて赤ひげがどこかから盗んできたものであろう、古い毛布に包《くる》まった。雨は一日中しんしんと降り続いた。目を瞑《つぶ》ると、水の気配に囲まれていた。地面は池になっていた。塒は高床式の小屋だったから、浸水には強かった。広大な沼にぽつんと浮かんだ葉っぱの舟に寝転がっているような気分になった。

死のうと思ったことはかつて何度かあったが、もうそんな気力もなかった。私はひたすらに眠り続けた。時折毛布からはいずりでて、薄汚れた食器に溜まった雨水を飲んだ。

私は日本の夢を見た。もう死んでしまった両親が私を見ていた。父はいつも心の底から軽蔑《けいべつ》しているといった視線を私に向けた。母は息子に愛情を注ぐには、父親に隠れてやらなくてはいけないと考えているようだった。かつての同級生や初恋の少女もでてきた。仲がよかった同級生は強者に媚《こ》び弱者に酷薄な男で、初恋の少女は欲深く驕慢《きょうまん》な女だった。初めてのアルバイト先である駅前のうどん屋がでてきた。夢の中でオーナーの老夫婦は私の顔を覗きこんで「それでも頑張れ」といった。

ぽちゃん、ぽちゃんと水音がする。

私はゆっくりと時間をかけて、長い長い走馬灯を見ているのだと思った。

タカシがでてきた。

「お父さん、いつくるの？　バスに乗っていなかったよ」

と息子はいった。「すまんすまん」と私は答えた。なかなか難しい。

「それでも帰ってきてよ」

息子の姿は薄れて消えた。生き延びたいと私は祈る。

暗くなっていく。真夜中の大海原に浮かんだ葉っぱの舟はゆらりゆらりと揺れる。

6

鳥の鳴き声で目を開いた。

身を起こすと、枝葉の間から、青空が見える。極彩色のインコたちが飛び回っている。雨は上がり、あちこちから光が差して水溜まりがぎらぎらと真っ白に輝いていた。目に入るもの全てが艶《つや》やかだった。あちこちに小さな虹《にじ》がでていた。水を飲み、パパイアの木を見つけて実をかじった。

やはりあの広大な瓜畑を横断して戻るしかない。私は高台の森から瓜畑へとおりた。瓜は地表に実っていた。あちこちに農夫の影が見えた。瓜畑を少し進むと、一番近い農夫が私に気がつき、ゆらりゆらりとやってきた。

怪物だった。

山高帽の下、顔の真ん中に大きな目が一つだけある。その目はぎらぎらと充血している。口は耳まで裂け、二枚の長い舌が揺れていて、しじゅう涎《よだれ》を垂らしていた。膨れ上がった胸の筋肉はシャツ越しにもわかる。農夫は鍬《くわ》を振り上げ、トドが発狂したような叫び声をあげた。

私は全速力で高台の森に逃げ戻った。

農夫は瓜畑から外までは追ってこなかった。私は高台から瓜畑をじっと観察した。瓜畑の中には開墾されていない小島のような森が、あちこちに散らばっていた。ずっと先、彼方《かなた》の地平はかすんで見えなかった。

農夫たちはあちこちをうろうろと無意味に歩いているようだったが、それぞれに担当のエリアがあるようで、地平線まで続くこの畑を農夫に捕まらずに越えるのは至難と予測できた。

日が暮れると、農夫たちは畑の中でぴたりと動きをとめた。みな適度に間隔をおいて、金縛りにあったかのように立ち尽くしている。長い影が伸びている。

私はもう一度畑におりてみた。農夫の視界に入ったが、電池でもきれたかのように農夫は静止している。

慎重に、少しずつ農夫との距離をつめていった。予感はしていた。そこに立っているのは布でできた真っ青な顔の中央に大きな目玉が縫い付けられている一つ目の案山子だった。

ここの農夫は（現実に農夫の仕事をしているのかわからないが）夜になると、案山子になるのだった。

「こんばんは。小鬼どの。どこに行くんだい？」

私が近くに行くと一つ目案山子がきいた。

穏やかでやさしい声だった。昼間の怪物ぶりとは真逆の印象だった。

「戻るのです」私はいった。「私がここにくる前にいた場所に。戻れますかね」

案山子はくるりと向きを変えた。

「私の示す指のほうに」

指の先は、灯台の丘と反対方向を指している。

ありがとう、私は礼をいって歩き出した。

ほくほくと土を踏む。澄んだ空には星が瞬き始めた。

しばらく進むと、また別の案山子が立っていた。

「こんばんは」私が声をかけると、案山子はくるりとこちらを向いた。この案山子の目は五つあり、口はすぼまっていた。すぼまった口から蛇がでて、また引っ込んだ。

「帰りたいのですが」

「帰るとどなたかがトクつるの？」

「私を恐れるフルーツ頭が安心しますし、私の息子が喜びます」

「恐れる？」また蛇がでてきて引っ込んだ。「勘違いも甚だしい」

案山子はくるりとまわった。腕に嵌った軍手が行き先を指している。

「おまっすぐ」

「まっすぐですね。ありがとう」

腹が減ると畑の瓜をとって食べた。様々な案山子が現れた。

「わしら案山子は、畑を想う農夫の夜の夢」

山羊の角を生やした案山子は低い声でいった。

「おまえさんは畑を渡る夜の影」

「どちらに行けばいいですか」

「示すほうに」案山子は指差した。「でもあんたね、夜明けまでに隠れんといけんよ。それはわかっているよね？」

私は頷いた。

地平線の果ての空が微《かす》かに白んでくる。私は瓜畑の中の小島に入り込むと、木陰に筵《むしろ》を敷いた。外からは死角になっていることを確認し伏せた。

案山子は夜明けと共に、怪物農夫になって活動を再開した。

日中はじっと眠り、息を潜めた。見つかれば殺される——それもかなり残酷なやりかたで殺されると予想できた。夜になり、農夫が案山子になるのを待ってから出発した。

そのようにして景色の変わらぬ瓜畑をいく晩も歩き続けた。やるしかない。私は思った。やるしかない。やりとげるしかない。

遠くに薄《うっす》らと山影が見える。

瓜畑が尽きるという予感。何かが変わりつつあるという予感。

私は歩く。山影の輪郭が次第にはっきりとしてくる。自分の呼吸音が聞こえる。吸って、吐いて、吸って。踏み出す一歩がとても大切なものだという気がしてくる。

山の上で何かが光った。それが灯台だと気がついたとき、私はぴたりと足をとめた。

まさか、と思いながらさらに進む。

山高帽をかぶった一つ目の案山子が立っていた。

「おやおやおや。小鬼どの」

見覚えのある案山子は含み笑いをしながら、数日前と同じ穏やかでやさしい口調でいった。

「どうでしたか？　ねえ。散歩はどうでしたか」

「どうしてなんだよ」

私は怒声をあげ、案山子を殴りつけた。案山子はざわざわと笑いながらくるくるまわった。涙が溢《あふ》れた。体から力が抜ける。私は大きな円を描きもとの場所に戻ってきたのだ。

7

私はもといた森に戻った。

しばらくの間、何もする気はしなかった。

ただ風だけが私に触れ、過ぎ去っていった。

廟の前にクライシスが現れた。

「小鬼様、あの女を、どうして、どうして、生かしておくのですか」クライシスの訴えも願掛けもいつも通りだった。つまり妹を殺して欲しい。

「叶えてやろうか？」

私は彼女の背後に立つと声をかけた。クライシスはぴたりと動きをとめた。かすれ声でいう。

「は、初めて、祈りが通じました？」

私は話しかけておきながら動揺した。

これまでフルーツ頭の話していることはわかっても、こちらの言葉が通じた例《ためし》はなかった。声をかけたのも返事を期待したわけではない。

クライシスは恐々と周囲を見回した。やはり聖域で私の姿を目に留めることはできないようだった。

「俺の言葉がわかるのか」ときくと、はい、と返事がくる。

なぜ通じるのだろう。ここが小鬼の聖域であることや、彼女が強く小鬼との対話を望んでいることが関係しているのだろうか。とにかく私とクライシスの間には、線が通じたのだ。以後、その線は切れることなく通じ続けた。

「よし。それなら、おまえの望みを叶えてやる……。だがもちろん代償は要求する」私は厳かにいった。

「所望なさるのは、私の魂でしょうか」クライシスは廟の中の像に向けていった。それが声の主だと思うことにしたようだ。

「おまえの魂など、どうでもいい」私はできるだけ自分の声が悪魔的に聞こえるように意識しながらいった。

「おまえは一人で暮らしているのか?」

はい、とクライシスは答えた。


クライシスから聞いた妹の家は、なんと私が最初にペリーとして迎え入れられた、灯台の近くの豪邸だった。金髪にカーラーを巻いたマンゴー頭の女こそが、クライシスの妹だった。

その晩、妹の夫は愛人の家に出かけていなくなるそうだった。

私は夜になると、かつてペリーであったときに脱走した経路を逆にたどって家に忍び込んだ。そして一階の端にあるマンゴー頭の母親の部屋に滑り込むと、ベッドで寝ている女の首を素早くかききり、果汁を啜った。

私は食事の後の残骸《ざんがい》をそのままにして、夜の道を走った。満月がでていた。

蔓草《つるくさ》に埋まった倉庫の裏側にある、薄汚れた石造りの家の扉を私は叩いた。クライシスが扉を開いた。

「おまえの願いはたった今果たしてきた。今度はおまえが約束を果たせ。今日から、おまえの家に住む。おまえは俺に奉仕するのだ」

クライシスは初めて見る私の姿に震え、はい、と小さくいった。

私はクライシスの家に住むようになった。

クライシスの家の二階にある空き部屋に、一日中、引きこもった。テレビも本もなかった。昼は竹で作られたカーテンを閉めてだらだらと惰眠を貪《むさぼ》った。クライシスは部屋を掃除し、食事を運んだ。食事はいつも豆のスープだった。夜になると散歩をした。

もしもクライシスが裏切って私をどこかに引き渡すならもうそれでもよかった。森の中でただ一人生き延びる生に未練はなかった。

クライシスは孤独な女だった。当然だが、妹が死んだからといって彼女の日々の何が変わるというわけでもない。

憎む相手をなぜ自分で殺さなかったのかクライシスに問うと、彼女はいった。

「殺すことは簡単です。でも私が殺したのでは、復讐《ふくしゅう》にはならないのです。誰かがあの女を殺し、それを見て『ああ、天罰がくだった』というのでなくては駄目なのです」

「天罰も何もあんたとの約束で殺したのだ。あんたが殺したのと同じだ」私は都合のよい責任回避の思考を軽蔑しながらいってやった。

「いいえ」クライシスは認めなかった。「あの女は小鬼に殺されたのです。私は確かに死ねばよいと願いはしましたが、私が殺したのではありません。殺してくれた存在を尊敬し、崇拝し、感謝していますが、私が殺したのではないのです」

話し相手は彼女だけだった。彼女もまた私だけが話し相手だった。

ありとあらゆることを話したが、そのほとんどは記憶に残っていない。話した瞬間に、さらさらと砂になって風に攫《さら》われていくような会話だった。

――あなたは遠い土地からきたのね。

クライシスは、私の長い長い人生の物語を聞いたあとにいった。私はまどろんでいた。カーテンの隙間から差し込む光に埃が舞っていた。枕元の椅子に座るクライシスがなぜか母親のように思えた。

――ここは悪夢の迷宮ってあなたいったけど、本当だわ。確かにここは夜の夢のような土地よ。私なんかもおぼえていないほど遠い昔に、きっとどこかから運ばれてきたのだと思う。考えてみるとね、いつの間にか両親がいて、妹がいたのよ。ここの住人はね、きっとみんなそう。自分では忘れているだけでみな遠い昔に運ばれてきたんだわ。

私は目を瞑った。心地よい桃の香りがした。だが食べたいとは思わなかった。クライシスの妹以降、フルーツ頭を食べていない。クライシスと暮らし始めると、私はフルーツ頭を食べることを考えるだけで吐き気を催すようになっていた。また、うまくもなんともなかった豆スープが日ごとに舌にあうようになっていった。

クライシスを見ると、彼女の桃は艶をとり戻し、頭頂部には小さな白い花が咲いていた。

ある朝、私は立ち上がり、廊下の隅にある姿見を見た。

そこにいたのは小鬼ではなく、アボカド頭の男だった。

「おはよう、あなた」何事もなかったようにクライシスはいった。

「おはよう」アボカド頭の私はいった。

8

話を早送りしよう。

夢の中だけで通用する理屈や、夢の中だけで重要な出来事の詳細を記したところで無意味な気がする。

私はすっかりフルーツ頭の一員だった。もはやこの世界が悪夢の迷宮であることを忘れ去っていた。昼間外を歩けば、誰かが挨拶《あいさつ》をした。石を投げつけてくるものなど誰もいない。

私は市場で食材を仕入れ、街角の屋台でピザやパスタを調理して売った。儲《もう》けはたいしてなかったが、特に金銭に執着があるわけでもないので、どうでもよかった。単調で代わり映えのしない日々が続いた。

光と影が目の前を流れ去っていく。

まだ青い桃頭の少女が私のまわりをぐるぐるまわる。私と同じアボカド頭の少年が私の袖《そで》を引っ張る。

クライシスと私の間にできた子供たちだった。

いったい、私はどれほどのあいだフルーツ頭として生きたのだろう。わからない。

ある晩、屋台を屋台置き場に戻してから家に帰ると、熟れて腐った果実の臭いが家中に充満していた。

青い桃頭の娘は食い荒らされ、無造作に部屋の床に倒れていた。アボカド頭の息子もめちゃくちゃに食い散らされて隣の部屋に倒れていた。床は果汁だらけだった。

寝室には、クライシスがシーツを果汁で濡らしながら無残な姿で横たわっていた。桃頭の半分はなくなっていた。体のあちこちが欠損して、果肉が覗いている。正視できずに目を逸《そ》らした。

目眩《めまい》がした。呼吸が乱れ、息苦しくなった。

〈小鬼が再び現れた〉そんなニュースを、最近耳にしていた。屋台をしているから客の話でわかるのだ。〈あちこちで被害者がでている〉〈いつかのように罠でしとめるか〉〈いくら狩ってもしばらくするとわいてでてきやがる〉そんな会話が飛び交っていた。

私は椅子に座ると頭を抱えた。

「うまかったか？」

俺の娘は、俺の息子は、クライシスは、うまかったか？

私は静まり返った部屋で誰にともなくいった。隅々まで捜索したわけではない。もしかしたら小鬼はまだ家のどこかに潜んでいるかもしれない。もし潜んでいるなら私の声は届いているだろうか？

「バスできたのか？　なあ、何も知らないんだろう？　俺だってそうだ。だがたぶんきたばかりのあんたより、俺のほうが少し物知りだ。大事なことを教えてやる。いいか？」

私の中で感情が膨らんだ。赤ひげのことを思い出した。赤ひげ先輩……あれはいったいいつの話だ？　十年前か、二十年前か。瓜畑での敗北も脳裏に甦《よみがえ》る。そう、思えばあれが青春時代の終わりだった。あの日、何かが死に、私はもう二度と横断に挑戦しなかった。今となってはなんだって自分が瓜畑を渡ろうとしたのかもよくおぼえていない。何か目的があったはずだが……いや……そもそも私はここで何をしている？

いつのまにか涙が溢れ、嗚咽《おえつ》していた。私は小鬼が憎かったが、本当のところは憎くなかった。ただひたすらに哀しかった。〈小鬼は決して滅びない。バスが夜に運んでくるからさ！　おひゃほう〉

「みんな同じなんだ。結局はみんな同じなんだよ。俺だっておまえと同じだったんだ」

ふと見ると居間の窓が開きっぱなしになっていた。家には相変わらずなんの気配もなかった。

夜明け前に出発した。私は何一つ手にしていなかった。家族も、友情も、金銭も、何もなかった。

再び、瓜畑の横断を試みようと思った。

それをしたらどうなるのか今一つわからないのだが、青春期の古い記憶が、そこにだけ最後の希望があるといっていた。

普段、めったに通ることのない道に出る。

振り返ると、背後で灯台が煌《きら》めく。私はゆっくりと暗い坂道をおりていく。

ふとエンジン音がしたので顔を上げると、バスが停まっていた。

見覚えのある野原だった。バオバブの木と、朽ちたベンチ。

バスの車内には電灯がついている。ヘッドライトも灯《とも》っている。低い音でアイドリングをしている。肩に白い猿を乗せた麦藁帽子の運転手が前方入り口から半身を出すと、私にいった。

「お乗りになりますか？」


車窓の風景は飛ぶように過ぎ去っていく。

私はガラスに映る自分の顔を無心に眺める。

目鼻をそっと撫でてみる。そうだ、私はこんな顔をしていた。

ずいぶん長い時が過ぎたような気がする。ずいぶん……。

9

午後二時少しすぎ、タカシはユナと二人でバス停のベンチに座っていた。見渡す限りの瓜畑が眼前に広がっている。太陽は中天に昇り、風が街路に立つバナナの木を揺らしていた。

「どうせこないんじゃない？」

少年はため息をついた。前日、二年ぶりに会う父親が乗ってくる予定のバスをここで待っていたのだが、父親はバスに乗っていなかった。

「一日一本だから乗り遅れたのよ。そういう人よくいるもの。まあ、待ちましょう。今日のバスできっとくるわよ」

「何で乗り遅れるわけ？」タカシはユナにきいた。

「私が知るはずないでしょう。ポートフェアから出るバスは、けっこう複雑で、変な路線のやつもあるからさ。もしかしたら乗り間違えたのかもね。たまに島の裏側、廃墟《はいきょ》の町のほうに行くバスとかも出ているし」

ユナは水筒からカップにお茶を注《つ》ぐと、タカシに渡した。

「廃墟の町？　そんなのあるんだ」

「そうそう。人が住まなくなってしまってからは蔦だらけで野生のフルーツがそこら中に生《な》っているわよ。島の人はフルーツタウンって呼んでいるわね」

「行ってみたいな」

「そんなとこ一人じゃ危ない。迷ったら大変」

タカシはお茶を飲み、カップを返すと話を変えた。

「ねえユナさん。海賊の刀を見つけて売って、お金持ちになったって知ったら、お父さん喜ぶかな？」

「でもお父さんには秘密にして、自分のために貯金しておくのも手じゃないの」

二人は笑った。瓜畑に落ちた雲の影が動いている。

タカシは思い出したようにいった。

「きのうお父さんが瓜畑を歩いている夢を見たよ」

ユナはタカシの肩を叩くと、少年の背後を指して、にっこりと笑った。

「ほら、あそこ」

タカシがくるりと首を巡らすと、遠い道の先に、バスが姿を現したところだった。

解説

三浦　天紗子《あさこ》

恒川光太郎は、ほとんど名人級のデビュー作を引っ提げて登場した。二〇〇五年度の「日本ホラー大賞」に輝いた「夜市」は、妖怪《ようかい》や彼岸の者、異界の者たちが集い、さまざまなものを売り買いする夜の市に足を踏み入れた青年と、連れの若い女性とが体験する不思議な一夜の物語だ。

選考に当たった高橋克彦氏が、〈たとえ百人の物書きが居たとしても、後半のこんな展開は絶対に思い付かないだろう〉と選評したように、予見の裏をかかれる展開が続く。しかも、ぞくりとする思いが強くなるにつれ、登場人物たちが抱える哀切も深くなって、読者に伝播《でんぱ》する。そんな忘れがたい作品だった。

同年、その受賞作と「風の古道《こどう》」(これがまた傑作)を併録した初作品集『夜市』を刊行。その後ほぼ年一冊のペースで二〇一三年一月現在までに単著を八冊発表している。

要するに恒川光太郎は職人気質《かたぎ》な人気作家なのである。職人気質と言ったのは、律儀な刊行ペースもさることながら、常に新しい挑戦を折り込みながら決して妥協しない高い完成度をどの作品からも感じるからだ。

ファンには周知のことだが、この著者の魅力はもちろん比類ない想像力にある。彼は何かのインタビューで、「展開に詰まると、やめてぐちゃぐちゃにして、それをまたこねくり回しているとだんだん先に伸びていく」旨を語っていたが、そうして手塩にかけたものだけを読者に届けてくれているとすると、一年は未知なる異界を緻密《ちみつ》に構築するのには不可欠の歳月だろう。そして、おそらくは読者にとっても幸福な待ち時間であるに違いない。

そんな恒川光太郎が初めて、日本ではない、南洋に浮かぶ架空の島を舞台にしたのが二〇一〇年に出版された五冊めの単行本『南の子供が夜いくところ』だ。

物語は、タカシの回想から幕を開ける。両親に連れられて湘南《しょうなん》の海水浴場に来ていた十一歳のタカシ。ごく普通の家族旅行だと思っていた矢先、どうやら一家心中のための死に場所探しの旅だったらしいことがほのめかされる。

そこに、〈一家心中しちゃうような家族に夜逃げが必要なら、手助けをすることができます〉〈誰も来ないようなところに連れていけますよ〉と持ちかけてきたのは、ヒッピー風のファッションがぴたり決まっている自称百二十歳の謎めいた美女。そこからタカシの記憶は曖昧《あいまい》になる。

はっきりと目を覚ましたときには両親はおらず、自分ただ一人が〈トロンバス島〉に渡ってきていること、自分を島に連れてきた女性がユナという名の有名な呪術師《じゅじゅつし》であること、彼女の年齢もどうやら本当らしいことなどをタカシは知る。〈ぼくもう帰れないの？　ずっとここにいるの？〉と心細そうに言うのは一時で、すぐに〈教授〉と呼ばれる太った初老の男の家に預けられて暮らすことになった運命を受け入れる。

そんなタカシ少年の受難から始まる七つの短編は、語り手を変えながら、そしてトロンバス島内外のあちこちをめぐりながら、実にさまざまな時空を旅する。

島で迎えた初めての満月の夜、悪夢を見てしまったタカシが、ユナに〈悪い夢をとる力がある〉おばさんのところへ連れて行ってもらう表題作。

次は一気に百年以上時間を遡《さかのぼ》り、ユナが自らの幼少期を語り始める「紫焔樹《しえんじゅ》の島」。トロンバス島ではない島で生まれたユナは、幼いころ、故郷の島の聖域に一本だけ生えている〈紫焔樹〉の実を収穫する〈果樹の巫女《みこ》〉だった。ある日、平和だった島を襲った厄災。ユナがお姉ちゃんと呼んで慕っていたもうひとりの果実の巫女である少女スーとの思い出や、島に流れ着いてきた金髪碧眼《へきがん》のイギリス人・スティーブンとの関わりの合間に浮かび上がる、島の神様であるトイトイ様と交わした言葉と禁断の白い果実の意味。この作品では、いわばユナのルーツの一端が見えてくる。

かと思えば、再び舞台は現代のトロンバス島に戻り、ヴェルレーヌという得体の知れない人物の手記「十字路のピンクの廟」へと続く。ティアムという集落の十字路に建つ、ピンク色に塗られた小さな廟《びょう》。そこに祀《まつ》られている魔神に呪いをかけられたという少年の不思議な体験が描かれる。

あるいは、首から下が土に埋まったままのティユルという人物が、まどろみの中で自分がセントマリー岬を拠点にする海賊だったころの波瀾万丈《はらんばんじょう》の記憶をたどり始める「まどろみのティユルさん」に飛んでいく。

　連綿と語られていくのは、人間の欲や罪、あるいは救済や福音のエピソードだ。子を捨てる者がいれば、子に手を差し伸べて生かす者がある。咎《とが》なく死んでいく者がいれば、罪悪感なき殺人者もいる。平和だった一族の暮らしが、ひとりの男によってさらに栄え、無慈悲な侵略者や疫病によって消滅してしまうこともある。南国の極彩色の生き物か果実のように混じり合った幻想と現実とが、タカシやユナ、さらにはロブというタカシのクラスメイトや悪霊ヤニューなど、彼らと関係のある人物や妖怪たちが意外なかたちでリンクし、人生の不思議な因果をめぐる一脈の物語として紡がれていく。

　それにしても、出来事と一緒に語られていくトロンバス島はなんとユニークで魅力的な世界であることか。フェリーの発着所がある島いちばんの港町ポートフェア、ポートフェアから四十キロほど離れたティアム、かつては海賊で賑《にぎ》わっていたというセントマリー岬、人が住まなくなって廃墟《はいきょ》の町となり、いまは蔦《つた》だらけ、野生のフルーツだらけのフルーツタウンと呼ばれているエリア……。

　本書以前にも彼は、一般の書物にはその名を記されてもおらず、地図にも載っていない「穏《おん》」という場所の物語『雷の季節の終わりに』や、ひっそりとした路地の奥や見知らぬ用水路をたどった先で、不意にそこへ行ける扉が開く「美奥《みおう》」という町を舞台にした『草祭』など、現世と地続きにあるドメスティックな異世界を描いた名作を発表してきた。

実際、現実と幻想、現在と過去など隣り合わせの世界をボーダーレスに行き来するストーリーを得意とするだけに、生態系や風土、風習などにおいてよりミステリアスな「島」を舞台に据えたことで、持ち前の想像力はいっそう羽ばたき、神話的ともいえる異世界を臨場感たっぷりに再現してくれている。

だが、舞台を島にしたのは、これまで設定したことのない場所だからという意味以上に、著者のたくらみに思えてならない。というのも、七つの物語に共通して描かれるのは、登場人物の誰かがどこかからやって来たり、やって来てはどこかへ去っていく、あるいは別のものになってしまうという流転、変転だからだ。

前述したように、タカシは湘南海岸からこの島に渡って来たのだし、ユナは別の島の生まれだ。「雲の眠る海」のシシマデウさんは、大国スペインを後ろ盾にした敵に故郷の島ペライアを乗っ取られ、伝説の〈大海蛇の一族〉を探すため、時空さえ越えた長い長い航海を経て島にたどり着いた。続くセントマリー岬の下の岩場で蛸《たこ》漁師をしているという男のグロテスクな告白「蛸漁師」も、世捨て人のような男の話だ。訳あってセントマリー岬の崖《がけ》の中にある家に移り住んできた語り手は、以前はポートフェアの造船事務所で働いていたのだった。また、タカシの父ケイタは、タカシに会いにティアム行きのバスに乗ったはずが、魔術的なエリアに迷い込んだせいで犬の姿となる。そのエピソードから始まる「夜の果樹園」では、ケイタはフルーツ頭の住人の村で悪戦苦闘するはめに……。

楽園を求めて遥《はる》かフランスから南太平洋のタヒチ島やマルキーズ諸島のヒヴァオア島へ渡り、客死した画家ゴーギャンが遺《のこ》した傑作絵画「D'où venons-nous ? Que sommes-nous ? Où allons-nous ?（われわれはどこから来たのか　われわれは何者か　われわれはどこへ行くのか）」を挙げるまでもなく、「人はどこから来てどこへ行くのか」は古今東西、人類がずっと掲げてきた命題である。だが、実は著者自身が誰よりも不思議に思い、好奇心をかき立てられてきたテーマではないかと思うのだ。

それを物語として描くには、海に囲まれた「島」こそが最良の装置ではないだろうか。人が流れ着いても、暮らしても、旅立っていってもかまわない場所であると同時に、海の向こうという未知なる世界とつながっている場所だという意味を兼ね備えることができるのだから。そう、恒川光太郎は、トロンバス島といういまも霊や神を畏怖《いふ》し、死や不安をやわらげるための呪術的な観念が息づいている島を舞台に、まったく新しい現代の神話を生み出そうとした。だから読者は確かに、時空も虚実の皮膜も突き破ってなお輝く魂に出会えるのである。

本書は二〇一〇年二月に小社より単行本として刊行されました。

南《みなみ》の子供《こども》が夜《よる》いくところ
恒川光太郎《つねかわこうたろう》

角川ホラー文庫　17832

平成25年２月25日　初版発行
令和７年10月10日　11版発行

発行者――山下直久
発　行――株式会社KADOKAWA
〒102-8177　東京都千代田区富士見2-13-3
電話 0570-002-301（ナビダイヤル）
印刷所――株式会社KADOKAWA
製本所――株式会社KADOKAWA
装幀者――田島照久

●お問い合わせ
https://www.kadokawa.co.jp/（「お問い合わせ」へお進みください）
※内容によっては、お答えできない場合があります。
※サポートは日本国内のみとさせていただきます。
※Japanese text only

ISBN978-4-04-100712-9 C0193

角川文庫発刊に際して

角川源義

第二次世界大戦の敗北は、軍事力の敗北であった以上に、私たちの若い文化力の敗退であった。私たちの文化が戦争に対して如何に無力であり、単なるあだ花に過ぎなかったかを、私たちは身を以て体験し痛感した。西洋近代文化の摂取にとって、明治以後八十年の歳月は決して短かすぎたとは言えない。にもかかわらず、近代文化の伝統を確立し、自由な批判と柔軟な良識に富む文化層として自らを形成することに私たちは失敗して来た。そしてこれは、各層への文化の普及滲透を任務とする出版人の責任でもあった。

一九四五年以来、私たちは再び振出しに戻り、第一歩から踏み出すことを余儀なくされた。これは大きな不幸ではあるが、反面、これまでの混沌・未熟・歪曲の中にあった我が国の文化に秩序と確たる基礎を齎らすためには絶好の機会でもある。角川書店は、このような祖国の文化的危機にあたり、微力をも顧みず再建の礎石たるべき抱負と決意とをもって出発したが、ここに創立以来の念願を果すべく角川文庫を発刊する。これまで刊行されたあらゆる全集叢書文庫類の長所と短所とを検討し、古今東西の不朽の典籍を、良心的編集のもとに、廉価に、そして書架にふさわしい美本として、多くのひとびとに提供しようとする。しかし私たちは徒らに百科全書的な知識のジレッタントを作ることを目的とせず、あくまで祖国の文化に秩序と再建への道を示し、この文庫を角川書店の栄ある事業として、今後永久に継続発展せしめ、学芸と教養との殿堂として大成せんことを期したい。多くの読書子の愛情ある忠言と支持とによって、この希望と抱負とを完遂せしめられんことを願う。

一九四九年五月三日

雷の季節の終わりに

恒川光太郎

この世ならざる幻想世界に、ようこそ。

雷の季節に起こることは、誰にもわかりはしない――。地図にも載っていない隠れ里「穏《おん》」で暮らす少年・賢也には、ある秘密があった――。異界の渡り鳥、外界との境界を守る闇番、不死身の怪物・トバムネキなどが跋扈する壮大で叙情的な世界観と、静謐で透明感のある筆致で、読者を“ここではないどこか”へ連れ去る鬼才・恒川光太郎、入魂の長編ホラーファンタジー！　文庫化にあたり新たに１章を加筆した完全版。解説・仁木英之

角川ホラー文庫

ISBN 978-4-04-389202-0